La paz de los vencidos

La paz de los vencidos
Jorge Eduardo Benavides

LA PAZ DE LOS VENCIDOS

© 2009, Jorge Eduardo Benavides
© De esta edición:
    2009, Santillana S. A.
    Av. Primavera 2160, Santiago de Surco, Lima, Perú
    Teléfono 313 4000
    Telefax 313 4001

ISBN: 978-612-4039-10-2
Hecho el depósito legal en la Biblioteca Nacional del Perú Nº 2009-05744
Registro de Proyecto Editorial Nº 31501400900313
Primera edición: junio 2009
Tiraje: 1500 ejemplares

Diseño e ilustraciones de cubierta: Mario Segovia
Diseño y diagramación de interiores: Vladimir León
Corrección: Jorge Coaguila

Impreso en el Perú - Printed in Peru
Metrocolor S. A.
Los Gorriones 350, Lima 9 - Perú

5 DE OCTUBRE

El esfuerzo de una mudanza. La engañosa simplicidad de mi mudanza. Acabo de terminar —creo— de meter mis cosas en este departamento pequeño y algo oscuro, de suelos negros y espejeantes, de ventanas que se abren hacia el interior de un patio donde, de piso en piso, se tienden cordeles para la ropa. Acabo de terminar y estoy boqueando, con la lengua afuera, sentado sobre una caja grande y llena de libros, en medio de un desorden algo geométrico y de cartón, pañuelo en mano. Cuando estaba en la otra casa vivía con la ingenua, alegre, certidumbre de poseer pocas cosas, apenas lo imprescindible. La mudanza anterior —de Santa Cruz a La Laguna— apenas me requirió una tarde y todas mis pertenencias cupieron en el inutilitario de Enzo sin mayores complicaciones. En estos últimos dos años no recuerdo haber adquirido muchas cosas, salvo algunos libros, el televisor, la licuadora y unas cacerolas. Seguí pensándolo así cuando me resigné a esta mudanza porque el otro piso ya me salía muy caro, de manera que no le di importancia. Empecé a sospechar que tal vez estaba equivocado el sábado por la mañana, después de desayunar, con las primeras cajas donde fui metiendo ropa, toallas, sábanas, libros, la colección de elepés de jazz, más libros. Cuando me dieron las cinco de la tarde ya había sido ganado por una espantosa sensación de hundimiento y zozobra porque no terminaba de desmontar el anaquel de los libros, una de esas malditas estanterías que vienen con su llavecita como un bastoncillo de base octogonal, y que se predican de una facilidad increíble. Nunca en mi vida he puteado tanto. El domingo todavía estaba clasificando libros, exhausto, sucio, en medio de un desbarajuste monumental, buscando una caja adecuada para el televisor, embalando la plancha y la licuadora y los diccionarios (¡maldita sea con los diccionarios!), pujando con una maleta de dimensiones absurdas para tantos cachivaches recopilados durante los últimos años, convencido de lo absolutamente equivocado que estaba al situar mi vida dentro de los parcos límites de un casi ascetismo urbano. ¿Cuántos peldaños habré subido y bajado, transportando cajas y más cajas, paquetes y más paquetes, de mi vieja casa al auto, del auto a este piso? Supongo que los suficientes como para pensar que si el infierno existe, se debe acceder a él a través de escaleras. Algo así como una Nueva York, donde no se conozcan los ascensores. Y pensar que vine de Lima con algo de ropa y cuatro libros. Y unas pipas. Recién hoy, sentado en medio de este caos desesperanzador de cacharros cuya finalidad es, cuando menos, irrisoria, de libros y discos, de televisores y raquetas, calcetines y cacerolas, caigo en la cuenta de que, efectivamente, la libertad consiste en la no posesión de objetos. Y ahora, a desempacar y ordenar todo. ¿Qué demonios hago con esta libretita cojuda en la mano, mientras me queda tanto por hacer? La vida es una barca. Calderón de la mierda.

Un poco más tarde

Sí, pero en la otra casa también has dejado los recuerdos, las imágenes mejores, el nombre de Carolina en una carta y dos dibujitos que ella te entregó hace tanto ya. Has dejado las ganas de hacer cosas, abandonadas en un rincón como cualquier trapo sucio, y eso siempre es un alivio.

7 DE OCTUBRE

Lo bueno de este trabajo es que tengo, por lo general, una eternidad de tiempo libre. Lo malo en cambio es que tengo, por lo general, una eternidad de tiempo libre. Hoy ha sido mi primer día en el salón recreativo y el patrón, que tiene unos bigotazos negros de corsario y una panza prominente y feliz, me ha explicado con palabras cortas y severas cuáles son mis obligaciones (miles) y mis derechos (pocos). En el primer apartado se inscribe el aseo del salón durante mi turno, entregar el cambio a los clientes, vigilar que no haya robos e incentivar (sic) a los clientes para que inviertan todo su dinero en las maquinitas y las tragaperras. En el segundo ítem no hay que contar con días festivos, ni sábados ni domingos, pues solo hay uno libre a la semana y quince de vacaciones anuales. No se me permite llevar material de lectura ni usar *walkman*, gruñó mi jefe mirando el librito que yo traía en la mano, encontrarme leyendo en horas de trabajo acarrearía el despido inmediato. Otra cosa ha dicho de pronto, clavándome sus ojos terribles de turco: si al hacer el arqueo al final del día falta dinero, se me descuenta del sueldo, que es un poco más del básico. «Entendido, ni libros ni música en horas de trabajo», dije con jovialidad, pero él siguió mirándome con su expresión de corsario otomano, como si su objetivo máximo en la vida fuera hacerme comprender que yo solo soy un pelele y él poco menos que la mamá de Tarzán. Mira que hay gente desinformada, carajo, pensé una vez que se hubo ido, este buen hombre seguro ni se ha enterado de que la esclavitud se abolió hace mucho tiempo.

No hubo jaleo hoy, apenas tres mujeres en las tragaperras y unos cuantos chicos en las maquinitas. Pero, bueno, mañana me toca el horario completo en el salón de la rambla Pulido y ya veremos si resulta tan movidito como me han dicho. Esa es otra: como soy correturnos, realmente nunca tendré el mismo horario ni podré delimitar ese estricto territorio laboral que nos ancla en la rutina, como ocurre en cualquier otro trabajo. Ni siquiera compañeros de chamba. Parece que el desarraigo es lo mío.

13 DE OCTUBRE

Buen vecindario, no hay de qué quejarse. Ojalá no me equivoque, pero lo pensé nada más llegar y una vez concluidas las correspondientes averiguaciones, esos cambios de pareceres que uno efectúa consigo mismo de vez en cuando, como si en realidad quisiera verificar aquellas minucias ante las que, inexplicablemente, nos advertimos sin respuestas: si habrá mucha gente en el edificio, si llegará el ruido del tráfico, dónde estará el locoplaya de turno que pone salsa como para que se enteren en las cumbres de Anaga de la perfecta calidad de su equipo de sonido, quién será el desgraciado que inunda los pasillos con el olor de los guisos..., esas cosas. Mis vecinos contiguos, esos que de ahora en más comparten una pared conmigo (la del pasillo; la de mi habitación colinda con otro edificio) son de mediana edad, de rostros medianos y de mediano aspecto. Hacen un mínimo bullicio, casi como si en realidad lo único que pretendiesen es dejar constancia —la imprescindible— de su existencia y nada más. Es una bullita frágil y bien intencionada, algo compuesto por ruidos de cacerolas y alguna que otra puerta, cuatro o cinco canciones en el volumen adecuado y voces que se llaman amable, confiadamente. A ella la he visto apenas un par de veces, a él en cambio me lo encuentro cada mañana. Tiene un rostro tan absolutamente neutro que es de campeonato, y sin embargo algo se filtra con alevosía en su sonrisa correcta, algo que es como una amabilidad bien amaestrada, como si las veces que hemos tropezado en el pasillo hubiera querido decirme «soy un buen vecino, pero prefiero mantener las distancias». «Ve tranquilo, viejo», le digo yo con mi sonrisa y nos levantamos una ceja afable, murmuramos «hasta luego» o cualquier otra cosa por el estilo y chau. A lo mejor me equivoco y resulta que el tipo es un psicópata que cualquier día acaba por coger un hacha para desmontar a su mujer como si fuera un mueble comprado en Ikea. Se le ve tan juicioso, tan en su sitio, tan equidistante de todo... En el fondo me da un poco de temor la gente así.

15 DE OCTUBRE

En el edificio también viven unos chicos, unos universitarios muy centraditos. Ayer por la noche, volviendo del bar donde quedé con Capote, los volví a ver. Son un pelotón y sin embargo apenas se les escucha. Y eso que todo el día arman un trasiego constante de amigos que suben y bajan: cuando los veo me hacen recordar a las hormigas, tensas, reconcentradas, tocándose como para constatar que están allí, animando una única existencia que se extiende por conductos invisibles. Así son ellos: circunspectos, callados, rozándose apenas cuando unos suben y otros bajan, deportivos y, al mismo tiempo, intelectuales, como son los universitarios de hoy en día. En esos rostros donde todavía quedan como unas imperfecciones blandengues de la no muy lejana infancia es sencillo reconocer al animal apolítico. Mucha preocupación ecológica y camisetas con leyendas en inglés. Tanta huevada para decir simplemente que son jóvenes. Qué cretino, ¿verdad?

19 DE OCTUBRE

Imposible no leer en el trabajo. Las horas se vuelven elásticas y vacías en el salón, y yo, embrutecido por el ruido cibernético y repetitivo de las máquinas, doy vueltas, contemplo la calle apostado en la puerta, fumo sin deseo, me acerco al tipo reconcentrado en depositar monedas de cinco duros en una tragaperras, vuelvo a mirar el reloj y regreso a mi cabina desvencijada, desde donde observo este mundo envilecido de hombres hoscos y solitarios que se enfurecen con las máquinas, de mujeres que entran al salón con aire culpable y se aferran a una *minifruit* en la que van dejando despeñarse infinitas monedas, de niñatos compulsivos que accionan botoncitos y palancas de colores con movimientos eléctricos y furibundos, como si en ello se les fuera la vida. Tan pronto hay una efervescencia histérica de jugadores como tan pronto el salón queda desierto: parece que esta clientela, a simple vista heterogénea y dispar, estuviera vinculada por un mismo sistema nervioso que dicta órdenes perentorias: llegar, jugar, huir, volver, siempre en estampida. Hoy, al apagar las luces y desconectar las máquinas, he quedado envuelto en una niebla irreal y densa, donde flotaba un mínimo zumbido fosforescente y tenue que momentáneamente me ha aturdido. Como si de pronto le hubieran arrancado la sonda a un enfermo terminal.

21 DE OCTUBRE

¿Qué son las despedidas si no esa puesta escénica de la nostalgia? Mi hermana y sus cartas de siempre, desde que estoy aquí: «...y esos largos silencios en que se sume de vez en cuando la mamá, estoy segura de que tienen tu nombre», dice en su carta más reciente. Cómo explicarle que era necesario, que tenía que irme, que..., pero bueno: cómo explicarle nada a quien no puede aceptar las razones que ni uno mismo tiene. Hasta ahora les basta con saber que estoy bien. Que no muero de frío o de hambre. O de tristeza. Y eso que en mis esporádicas cartas no hay una sola palabra acerca de Carolina.

22 DE OCTUBRE

Prosigo con el inventario cotillológico vecinal (pero, al fin y al cabo, el cotilleo, el chisme o, mejor aún, la chismosería, que decimos en Perú, solo existe como tal cuando pasa de boca en boca, robusteciéndose como un árbol que se nutre al extender sus muchas raíces, algo que succiona para crecer: imaginar la vida como un espléndido Yggdrasil de embustes y mala fe, de fisgoneo y frivolidad. Bonito. Estos chismes conmigo mismo son más bien como los bisbiseos de las nonagenarias que dialogan incesantemente con esos fantasmas decrépitos que deben ser sus recuerdos; cotilleo estéril, sin razón de ser, falsificación de cotilleo). Bueno, adelante pues, vieja chismosa:

En el piso de arriba, justo justo el que está encima del mío, vive una mujer rubia a quien todavía no he conseguido catalogar. Está en esa edad en que las mujeres se debaten entre renunciar a la coquetería mundanal que se ejercita aun en los meandros de la cincuentena y la vehemente fiereza con que algunas se aferran al deseo de seguir siendo unas jovencitas. (Claro, al final las que se han decidido por esto último solo logran un simulacro de lo que pretendían, pero un simulacro bastante malo, porque al fin y al cabo la famosa jovencita es solo un estereotipo. ¿Quién me dice cómo demonios es una jovencita? Viendo a esas cincuentonas disfrazadas de diecisiete años, con poses y ademanes que resultan patéticos cuando quieren ser tiernos, obscenos cuando provocativos, y flagrantemente reciclados cuando inocentes, me hago una mediana composición de lo que no es una jovencita. Y nada más). Bueno, pero volviendo al tema: el asunto con esta ¿mujer madura?, ¿señora?, ¿mujer a secas?, el problema, digo, consiste en que la imposibilidad de hacerle la ficha no radica en aquella edad difícil por la que atraviesa. Digamos que ello es más bien un síntoma de algo que se me escapa. Fuma con esos gestos llenos de molicie que tienen los fumadores habituales, los absolutamente crónicos, esos que de pronto advierten que tienen el cigarrillo en los labios únicamente porque el humo los ha hecho parpadear y ese momentáneo disgusto los arroja sin misericordia a la certeza de que son fumadores. Recién entonces comprenden el porqué de las toses matinales, la fatiga de subir trabajosamente veinte peldaños, los dedos amarillentos, el pestazo del tabaco impregnándoles hasta el subconsciente. Así fuma ella, con un ojo cerrado (como Popeye, exacto) y con manos impacientes, sistemáticas: arriba, abajo, arriba, abajo, uno dos, uno dos y la colilla aplastada contra un cenicero repleto. Esto último lo supongo, claro. Pero en contrapartida deberé decir de ella que no tiene el desaliño de esos empecinados fumadores que se han sumergido en nicotina hasta el cuello. Va siempre bien arreglada, usa trajes discretos —de vez en cuando nomás pega un patinazo con alguna minifalda que descubre el modesto crimen de la celulitis, ya la ampayé el otro día— y, cosa extraña, no huele a tabaco. Pero aquí viene lo raro: me mira largo, con una aviesa perplejidad, pero no como se le puede mirar a un hombre, en cualquiera de sus interpretaciones, sino como se observa la caja de los fusibles o un desperfecto aparecido de súbito en nuestra planta y que no sabemos bien a quién endosárselo. Probé incluso sonreírle aquella primera vez, mientras subía sudando la gota gorda con unas cajas llenas de libros, porque me llamó la atención y casi creí que me iba a dirigir la palabra, ya que una mirada así siempre es el preludio de la voz: no se mira de esa manera, salvo cuando nos van a abordar con una frase, por trivial que sea. Ella estaba en el descanso de la primera planta y, parada ahí, parecía estar esperándome. Sin alejarme mucho yo tampoco de mi perplejidad, digamos que desde el epicentro de mi perplejidad, probé a sonreírle, insisto, pero creo que ni siquiera se dio cuenta. «Es una loca de mierda y una maleducada», les expliqué a mis libros mientras abría dificultosamente la puerta de casa. Decidí darle la vuelta a la página y me dediqué a mis cosas, pero hace unas noches la vi otra vez. Ahí estaba su mano rutinaria, el cigarrillo en los labios y esa mirada de siempre por donde yo pasé sin que sus ojos me registraran. En realidad, advertí al fin, estaba mirando para adentro de sí misma. Era una autista tardía, vocacional, alguien que ha hecho de la autorreflexión una maniobra para establecer no sé qué tipo de fuga. Y sin embargo, ya digo, durante el día va bien arregladita y perfumada, hasta parece dinámica y a lo mejor lo es, una funcionaria eficaz (esas cosas ocurren y además el oxímoron me encanta), una mujer de empresa o algo así. Pero cuando se queda mirando de esa manera —claro, yo aquellas veces era solo su punto de referencia para ajustar la mirada y olvidarse, nada más— es como si en realidad estuviera asistiendo con absoluta frialdad a su propio desencanto, a un desencanto vital y enigmático para mí y que le debe durar para toda la vida.

25 DE OCTUBRE

Está clarísimo. El escritor que se dedica a escribir un diario es cualquier cosa menos un escritor. Si en lugar de establecer el andamiaje de una estructura novelística, los progresos de una trama ficticia, la corporalidad de sus personajes inventados, se dedica a llenar un cuadernito como quien hace una especie de digestión anímica, a ratos y a trozos, según le venga en gana, entonces es un impostor, uno incapaz de admitirse con la fuerza necesaria para encarar el oficio elegido, uno que se regala con el consuelo de las páginas pudorosas y estériles que condenará al fondo de un cajón. Un fraude frente a sí mismo. Ese es mi mejor papel, allí me encuentro a mis anchas. Ya lo había advertido mi padre cuando le dije que quería ser escritor. (No, no le dije «escritor», mi audaz ignorancia se permitió usar la palabra novelista. «Voy a ser novelista», le dije). Eso fue en el tercer o cuarto ciclo de Derecho, más o menos, y mis notas habían bajado ominosamente —Fuentes y Faulkner, la Woolf y Aldecoa comprados en un remate de cierta librería de la calle Azángaro tuvieron gran parte de culpa—, por lo que el viejo me llamó a su despacho para conversar sobre el asunto. Se ve que el hombre me tenía calado perfectamente porque cuando yo le solté lo de mi recién descubierta vocación, se limitó a encender su pipa y darme unas palmadas joviales en el hombro. «Tú eres un romántico, cholo», me dijo con una sonrisita algo irónica. «Te gusta más la parafernalia de escritor que trabajar para serlo, pero si quieres probar, allá tú. Eso sí, mejora estas notas, mi querido Proust». Matavocaciones, pensé, dándome la vuelta indignado, sin ni siquiera contestarle pero dispuesto a hacer que se tragara sus palabras, incapaz de considerar su juicio como una saludable y certera observación de quien había registrado los impulsos secretos y los desánimos vitalicios de mi modesta biografía. En mi habitación, recostado en la cama y viendo tras la ventana mecerse los árboles de un parque cercano, elaboré la novela perfecta. Durante los días siguientes llegaba de la universidad y subía a mi cuarto, desdeñoso y hermético. Allí tomé notas, bosquejé personajes, intenté un inicio (aunque sería más justo decir que inicié un intento), rompí mil cuartillas, pero a los quince o veinte días ya estaba exhausto, humillado, aburrido, sin ganas. Hasta hoy. ¿Todo esto a qué venía? Ah, sí, ayer tarde conversando con Capote tocamos el tema de refilón, como suele ocurrirnos cada vez que nos deslizamos hacia la literatura, y pensé que él se escuda en la edad —la terrible cincuentena— para demorar su tiempo en la preparación de unas reflexiones variadas, algo como «O» de Cabrera Infante o las prosas apátridas de Ribeyro. Pero él sabe que todo es solo una excusa.

28 DE OCTUBRE

Más vecinos: hay un perro bastante amable con una dueña ídem. Ellos viven en mi planta, a dos puertas. Creo que tiene marido o novio o esposo, me parece haber escuchado alguna vez una voz de hombre allí. Ella, no el perro, claro. Pero no sé aún su nombre. El de ella, por supuesto. Aunque pensándolo mejor tampoco sé el del perro, pero a ambos se les ve buena gente, sonríen con amabilidad y me preguntaron desde el arranque la obvia cuestión, el inicio algo desmañado de las charlas de vecinos: «¿Qué?, ¿de mudanza?». Siempre he pensando que el vecino es un animal peligroso, de manera que en esos casos, cuando burlan tan abiertamente las más elementales normas de conducta (al menos las mías, que al fin y al cabo son las que me importan) y te lanzan a bocajarro una pregunta que entraña charla, pongo cara de tronco y gruño un monosílabo con lo cual el intrépido queda momentáneamente fuera de juego y yo aprovecho para huir. Pero en este caso, con ellos, con la chica y el perro, no fui grosero porque vi en su pregunta un interés legítimo, genuinamente sincero. Nos quedamos allí los tres, diciendo las cuatro naderías de rigor y nos despedimos a los pocos minutos. Creo que nos caímos bien. El perro tiene tal cara de perro que no puede con ella. Me refiero a que parece un perro de dibujos animados. Es un fox terrier y lleva unas barbas bien cuidadas que lo emparentan lejanamente con Freud. Tiene una expresión alerta, parece estar siempre en efervescencia, como si viviera a punto de pegar el ladrido de su vida. Las orejas erectas, el cuerpo tenso, los ojos como canicas y sin esclerótica. Lo curioso es que es un perro bastante tranquilo, pese a su estado, digamos, permanentemente crítico. Además, no es de esos que de pronto te clavan el hocico en el trasero con toda alevosía, o husmean o gruñen o pretenden mearte como prueba de alguna oscura solidaridad. Este es atento, correcto, cortés. Salvo por ese detallito de su efervescencia continua, parece un perro normal. Pero todos tenemos nuestras manías. Cuando me despedí de su dueña, dije mirando al perro con toda intención y sin un ápice de burla: «Bueno, encantado de conocerlos». Juraría que el perro hizo un ligerísimo asentimiento con la cabeza.

29 DE OCTUBRE

Y una voz. Me olvidaba de la voz. Los vecinos ocupan un lugar en el espacio, eso lo sabe todo el mundo, aunque, dicho así, parece más bien un postulado trigonométrico. Quiero decir que los vecinos son y existen —nos coexisten, terrible reverso de la amada soledad—, nos cruzamos con ellos, los vemos y a veces hasta los sabemos. El vecino es identificable, corpóreo; aunque no lo hayamos visto aún, advertimos que tarde o temprano esto ocurrirá. Me estoy refiriendo, claro, a los vecinos catastrales, a los que comparten el edificio, la calle, el barrio; no me refiero a ese Vecino que es tan abstracto como el Prójimo. Por ello esta voz risueña, canturreante, que hace unos días se mete por mi ventana como una bocanada de aire fresco y que no sé desde dónde llega. ¿Debo considerarla una voz vecina? Es una voz de mujer, y me llamó la atención porque, debajo del estribillo que repite en su inglés bien entonado y algo macarrónico, corre como un arroyo de paz, de inocente seguridad. Ayer cantó algo de Gloria Estefan y luego, de improviso, empezó a tararear otra cosa, esta vez en castellano. Luego volvió a retomar Gloria Estefan y nuevamente cambió su rumbo, como un barquito que cabecea gentil entre las olas. Yo acababa de llegar del trabajo y, mientras me quitaba los zapatos y encendía un cigarrillo, iba escuchando esas deserciones traviesas de un género a otro, de un cantante a otro, el repertorio básico de alguien que canta simplemente porque vive contento. Ahí está, eso es: me gusta la voz porque parece contenta de la vida. Pero no con la alegría viscosa y eterna del imbécil, no. Es esa alegría mantenida a buena temperatura y bien dosificada del que ha cogido a la existencia por las astas. Es una voz de mujer joven, de eso estoy seguro. No sé si es del edificio, no sé si gracias a algún extraño efecto me llega su voz desde muy lejos, porque a veces suena cercana y otras veces parece venir como un rumor. Sonará idiota lo que voy a decir pero parece inteligente. Pero, bueno, ¿se considera o no se considera vecina? No lo sé, porque contradice el segundo principio de la termodinámica. Al menos por ahora.

2 DE NOVIEMBRE

El tiempo, un niño que juega y mueve los peones: nada más terminar de leer la cita con la que se abre un cuento de Cortázar, levanto la vista y me encuentro con una mujer pidiéndome cambio para jugar a las tragaperras: algo en sus ojos oscuros y lejanos me ha sobresaltado, como si aquella cita enigmática que acababa de leer hubiera cobrado un sentido absoluto en esta mujer de edad brumosa que me extendía un billete de dos mil pesetas. Le he dado las monedas y ha murmurado «no, no, solo mil», alarmada y estricta como el ex alcohólico a quien se le ofrece una copa. Ha recogido sus monedas y el billete rápidamente y se ha acercado a las máquinas vacilando, sin saber dónde pinchar su dinero, observando aquí y allá a los demás jugadores con una atención apremiante. Por fin se ha decidido por una tragaperra convencional, porque las mujeres no suelen jugar en la Santa Fe o en el Tour, máquinas descomunales y llenas de luces donde se aplican con sapiencia solo los hombres, como capitanes de submarinos grotescos vigilando complicados tableros de mando. La adicción de las féminas resulta menos pretenciosa y está signada por el pragmatismo de ver caer, de vez en cuando, unos pocos duros que, inevitablemente, vuelven a pinchar. Al cabo de un momento la mujer ha regresado a mí con su billete de mil pesetas, blandiéndolo ante mis ojos como una banderita desesperada y yo me he dicho: el tiempo, un niño que juega y mueve los peones.

3 DE NOVIEMBRE

Debo reconocer que soy un maniático. Vamos, no soy tan ingenuo como para suponer que esto sea un rasgo que me individualice, porque sé muy bien que basta pegar un poco el o o en la cerradura de nuestro prójimo —un amigo, el compañero de oficina, el vecino— para darnos cuenta de que todos tenemos una manía, una pequeña y trivial deformidad de las conductas o los miedos que en el otro son cotidianamente inofensivos. Pero lo que me individualiza —ya que la manía es genérica— es mi propia conducta maniática: mi parcelita de fobia, mi reiterada tontería frente a lo pueril.

Hoy, por ejemplo, me descubrí con el delantal puesto, lavando prolijamente cada cacerola que iba usando mientras preparaba unos vulgares espaguetis; doblando con precisión la servilleta y sirviéndome después la pasta en el plato adecuado; desdeñando el vaso vulgar para servir un resto de vino de la noche anterior en la única copa que tengo —y que además no estaba en su sitio, por lo que hube de buscarla en todos los anaqueles de la cocina—; quitándome el delantal y acomodando todo en su sitio para sentarme, por último, a comer. Solo. Igual que hace mucho, muchísimo tiempo. ¿Qué demonios me impulsaba a cumplir con un ritual de buena educación cuyo ejercicio se agota obviamente en no molestar al otro, al que comparte nuestra comida cotidiana o eventualmente, si este en mi caso no existe? He conocido a otros solteros, a otros solitarios, y todos, casi sin excepción, tienden a abandonarse flojamente a la íntima indolencia de las ollas sucias y el uso de los cubiertos incorrectos. Todos andan por casa como si anduvieran por casa. Yo en cambio jamás me permito utilizar mal los cubiertos ni lamo las cucharas ni dejo rastros de grasa en la copa, ni apilo la loza hasta el día siguiente, ni dejo la ropa sucia por cualquier rincón. ¿A quién van, pues, destinados mis actos solitarios de urbanidad y corrección? ¿A ese improbable invitado que puede llegar de improviso? Es absurdo pensarlo, ya que apenas conozco gente en esta ciudad. Con Capote nos citamos siempre en los bares y con Elena y Enzo no existe esa confianza. ¿Quién va a venir, quién asistirá benevolentemente escandalizado al desorden —hipotético— de mi habitación, al ruboroso espectáculo de mis camisas sucias o a los bocados demasiado grandes que pueda llevarme a la boca si me diera la reverenda gana?

Me he acostado con una oscura sensación de ridículo, de ser apenas un simulacro de mí mismo, y como si fuera una protesta simbólica he dejado el plato sucio en el fregadero, con restos de espaguetis y una servilletita de papel minuciosamente arrugada junto a los cubiertos, también sucios. Pero poco después me he levantado y casi a hurtadillas, agobiado de culpa, he ido a lavar la loza.

5 DE NOVIEMBRE

Ayer, después de la chamba, me fui al paseo marítimo frente a la avenida Anaga, porque la noche estaba linda para caminar por aquella avenida arbolada y llena de patinadores veloces y parejas burguesas cogidas de la mano, de silenciosos deportistas que trotan ajenos al bullicio de enfrente, donde están los restaurantes y las terrazas pijas. Caminé casi hasta el

A bordo y regresé despacio, disfrutando del vientecillo arisco que soplaba con empeño. Luego me detuve para ver las enormes moles de los *ferrys* y cruceros que atracan en el muelle cercano, como ballenas inverosímiles y soñolientas. Allí, en una de las bancas frente al mar, estaba Capote.

Mi primera intención fue acercarme, claro, pero algo en su actitud cansada, en el perfil envejecido de ese hombre que fumaba contemplando el lento vaivén de los barcos, me obligó a quedarme quieto, a dar media vuelta para no alterar su buscada tranquilidad. Tal vez porque en sus gestos, en la parsimoniosa manera de llevarse el cigarrillo a los labios, en su espalda encorvada indolentemente, no advertí la mínima serenidad de quien sale a tomar un rato el fresco sino la actitud de quien huye hacia el centro de sí mismo, en busca de una paz o un sosiego que solo se convoca en solitario. Y para qué joder la pavana, ¿verdad?

7 DE NOVIEMBRE

Venía caminando por 25 de Julio, apurado porque tengo un alto así de ropa para lavar, y he escuchado que alguien me pasaba la voz. Era Enzo: estaba bebiendo una cerveza en el quiosco Numancia. Llevaba puestos esos lentes de sol que le dan un tufillo alevoso y vigilante a su rostro. Será porque la gente que usa gafas oscuras a todas horas siempre me ha parecido que oculta algo: basta fijarse en la cautela que asumen sus gestos, en la rampante discreción de sus manos cuando cogen una servilleta de papel o un inocente lapicero, en la manera como dirigen la mirada desprovista de ánimo hacia su interlocutor. «¿Qué hacés, loco?», me ha saludado sin demasiado énfasis, arrastrando mucho las sílabas, como hacen los uruguayos. Me saludó, pero estaba más atento a unas chicas que pasaban por la otra acera, la que colinda con el parque García Sanabria. Me he sentado a su mesa íntimamente desasosegado por haber cedido a esa suerte de cortesía automática que despedaza mi rutina y he pedido una cerveza. «Estoy apuradísimo», he dicho casi sin pensarlo y él se ha vuelto hacia mí sonriendo oblicuamente, como si esa repentina confesión resultara innecesaria para descubrir otro de los tantos perfiles de mi debilidad de carácter: ¿para qué demonios me siento a tomar una cerveza si estoy apurado? Enzo me conoce bien y sabe que respondo a reflejos condicionados, que me resulta imposible agitar una mano y pasar de frente, o acercarme un minuto y decir cuatro trivialidades para despedirme de inmediato dando afectuosas palmadas en el hombro. Él lo sabe, y se aferra a ello para explayarse con toda confianza sobre sus dos grandes y únicos temas: el jazz y sus enormes, grandiosas, ganas de triunfar como pianista. De todas formas me gusta conversar con él, escucharlo evocar casi con nostalgia sus triunfos aún incorpóreos, identificar los obstáculos que tendrá que sortear en ese camino espinoso por donde deberá transitar hasta alcanzar el triunfo y que él conoce tan bien como una gitana que atisba en nuestra palma fértil de futuro. (Por eso a veces me hace recordar a Arturo, el buen Arturo). Enzo es un oráculo de su propio destino, tiene esa demoledora confianza de los que se han asomado al vaticinio de su mañana sin desmayar, sin permitirse el mínimo respiro de la duda, como les ocurre a los triunfadores. Pero los triunfadores ponen un esfuerzo descomunal en su trabajo, un esfuerzo tan imperioso e irredento como sus ganas de triunfar. En fin, el domingo hay ravioles en casa de Elena y Enzo.

8 DE NOVIEMBRE

Ayer, mientras Enzo me hablaba, yo asentía en silencio, concentrado más bien en recordar el día que nos conocimos en el Búho, durante ese invierno de ventiscas heladas y atardeceres mustios que iban tomando lentamente las calles de La Laguna. Por esas fechas yo andaba pensando mucho en una chica que había conocido en la universidad, donde había conseguido un trabajito temporal montando y desmontando los escenarios del festival de teatro que se organizó en el Paraninfo. Esa mujer de piernas largas y ademanes rotundos aún no se llamaba Carolina y solo era la inflexible coordinadora de aquel festival que a mí me dejaba tiempo para recalar en el Búho y tomarme un cerveza *before and after* de la chamba. O del curro, que se dice por aquí je.

Yo solía caer por el Búho durante las primeras horas de la noche cuando en el *pub* casi desierto flotaba esa bruma de melancolía y humo que les otorga a algunos locales cierto prestigio vagamente cinematográfico, como alojado en un presente invulnerable y al mismo tiempo lejano. O será simplemente —digo yo, ¿no?— que los años dejan un rescoldo legendario en aquellos recuerdos que defendemos a ultranza del olvido. El día que conocí a Enzo no había casi nadie en el local, apenas dos tipos que sorbían sus tragos con esa especie de indiferencia precisa en que se reconoce a los bebedores habituales. Conversaban en voz baja, sin apenas mirarse o mirándose en el espejo que devolvía sus rostros impasibles detrás de la barra. A veces parecían aletargarse, se callaban bruscamente como si de pronto les interesara mucho el tema que sonaba a todo volumen en el equipo (creo que era algo de Art Palmer, a mí me gustaba mucho en ese entonces). Al otro extremo Alfredo secaba con pulcritud y oficio algunos vasos mientras atendía las frases de un pelirrojo alto y taciturno, con una nariz ganchuda y vibrátil que le daba un aire extraño de pájaro y que fumaba frente a una copa. Al verme, Alfredo se volvió para saludarme. «Tanto tiempo, hombre», me dijo con sincera efusividad, «pensé que te habías marchado de la isla». No sé qué le contesté, creo que me encogí de hombros, sin ganas de hablar, y pedí un *bourbon* con hielo. Con esa intensa concentración que a veces ponemos en las actividades más inútiles, como si estas fueran solo una excusa para navegar en nuestros pensamientos, me dediqué a garabatear círculos y líneas en una servilleta de papel mientras bebía metódicos sorbos de Jack Daniel's, pensando en la coordinadora del festival, preguntándome sin rubor qué gusto tendrían esos labios que daban órdenes y que se fruncían en un gesto mínimo e infantil cuando se contrariaban, sin advertir que hacía mucho había terminado el disco de Art Palmer y que ahora sonaba muy tenue, casi con morosidad, un piano cuya nitidez atribuí inconscientemente a la calidad de algunos compactos. Cuando levanté la vista el pelirrojo desgarbado estaba al piano y sus manos se movían con solvencia en el teclado esbozando de una manera liviana pero inconfundible el «Brown Penny», de Ellington: es una melodía que me resulta muy fácil de identificar y aquella vez me trajo de manera concluyente retazos de imágenes lejanas y hermosas de ciertas noches limeñas. Los dos tipos se habían marchado hacía un rato y solo estábamos Alfredo y yo escuchando al pelirrojo que parecía ir ganando confianza con aquel piano electrónico, demasiado frío y falto de carácter como para dejarse arrancar los ritmos del viejo Duke. El tipo también pareció entenderlo así porque, luego de un momento, hizo un gesto imperceptible de fastidio o impotencia, como cuando intentamos hacernos entender con alguien cuyo idioma es totalmente enigmático para nosotros. De pronto sus dedos recorrieron las teclas de un extremo a otro y aquella hermosa arquitectura de notas se esfumó en un silencio de oprobio. Él nos sonrió como avergonzado y volvió caminando despacio hacia la barra donde Alfredo servía mojitos a una pareja que acababa de llegar. Volvía a sonar la música del equipo y fumamos en silencio y equidistantes en la barra unos segundos. «Estoy un poco oxidado», me dijo con esa natural confianza que crece entre los desconocidos cuando están solos en un bar. A mí me parecía que había tocado muy bien y se lo dije. El pelirrojo se miró las manos y les dirigió una sonrisa benevolente. «Antes era distinto», me explicó de manera críptica llevándose la copa a los labios. «Además, en ese trasto no se puede hacer buena música», añadió con repentino rencor, «solo esas pajas que tocan hoy, llenas de adulteraciones y lugares comunes. Ya no se encuentra a nadie que quiera interpretar a los grandes, todos quieren llegar a la cima de inmediato y con sus propios temas incluso, boludeces que titulan «I don't wanna go home, mamma» o «Funky creek's my baby», como si eso bastara para hacer jazz de verdad. Me reí de su falsa entonación nasal y sureña al pronunciar aquellos nombres y tuve que admitir que algo de eso era cierto. Alfredo, que había estado escuchando con una expresión casi fervorosa las palabras del pelirrojo, pareció despertar de un sueño, nos sirvió otra ronda e hizo las presentaciones. Sé que esa noche nos quedamos en el *pub* hasta la alta madrugada, conversando de jazz y bebiendo el buen whisky que invitaba Alfredo.

Cuando Enzo hablaba de Satchmo, Bessie Smith, Coleman Hawkins o Thelonious Monk sus frases estaban cargadas de una devoción feligresa, de referencias cronológicas y detalles precisos sobre tal o cual canción. Sus palabras dibujaban con nitidez el desolador espectáculo de aquellas primeras grabaciones miserables y apresuradas hechas en cualquier trastienda mugrosa cuando el jazz era poco más que una promesa; las borracheras colosales de aquellos músicos muertos de hambre e incomprendidos, el violento y helado fulgor de los hoteles neoyorquinos cuando el éxito rozaba casualmente a alguno de ellos. Escuchándolo evocar aquel tiempo prehistórico y absolutamente ajeno a nuestras vidas, me parecía estar asistiendo a esas caldeadas noches de Nueva Orleans, sumergidas en whisky casero y trompetas legendarias, saxos desgarradores como las voces crepusculares y roncas de esos muertos incorruptos que nos acompañaban desde los discos que Alfredo había puesto como el fondo ideal para nuestra charla.

No sé cuánto tiempo estuvimos conversando. Cuando nos despedimos en la puerta del Búho —en un momento Enzo se había quedado callado súbitamente y de pronto miró su reloj con gesto culpable—, me dijo que el sábado próximo estaría por allí, que por qué no me daba una vuelta. Recuerdo su chaquetón anticuado y azul con las solapas imperceptibles pero patéticamente desgastadas, su aire de extravío cuando alcanzó la esquina de Heraclio Sánchez y

Doctor Zamenhoff, la inutilidad del gesto para protegerse de la lluvia que empezaba a caer. Recuerdo también que en ese momento pensé, con el irracional convencimiento que a veces proporciona el whisky, que estaba frente a uno de esos hombres trágicos, capaces de abolir su propio pasado para vivir plenamente ese otro pasado genérico y abstracto donde habitan sus héroes, creyendo que así le abren las puertas a la posibilidad de ser algún día como ellos. Él no lo sabe, pero algo me dice que Elena sí.

9 DE NOVIEMBRE

Elena: Siempre he pensado que bajo ese ropaje desprolijo de universitaria hippilona y negligente, como de chica que está a punto de saltar un charco o reventar a carcajadas por cualquier nadería, Elena esconde a una mujer madura y resuelta, mucho más exacta en sus decisiones de lo que aparenta. Tiene una carita traviesa, de ojos siempre asombrados y a veces minuciosamente maléficos, como una especie de hada campanilla en versión *grunge*, y eso, claro, le resta años, como les ocurre a las universitarias de hoy, tan absolutamente iguales en su disconformidad, con sus zapatones Panama Jack's y sus cajitas Hello Kitty de donde sacan esos lápices rescatados seguramente de su no muy lejana niñez. Justo ayer en La Laguna, mientras bebía una caña intentando escribir una carta, cruzó frente a mí una parvada de chicas, chillonas, raudas, no del todo situadas en los veintipocos que con probabilidad tenían. Pasaron frente a mí como un ventarrón de alegría y olvido. Entonces, un segundo antes de que la conciencia me advirtiera que no era posible porque ella a esas horas estaría con Enzo en La Orotava, creí ver a Elena entre aquellas chicas, quizá porque hace poco fue mi encuentro con el uruguayo, quizá porque ella también es universitaria (aunque haya abandonado temporalmente) y las universitarias me resultan, ya digo, algo miméticas. Pero, a diferencia de ellas, pensé —ya del todo desinteresado de la carta—, en Elena hay una mujer con todas las de la ley.

La he visto apenas, también es cierto. La primera vez, cuando Enzo me la presentó en cierta exposición en el Círculo de Bellas Artes, otra vez en la Biblioteca de la Universidad, dos o tres veces que me he citado con ellos en algún bar de La Laguna y aquella ocasión en que el uruguayo tocaba con Suso Marrero y su grupo en un hotel del Puerto de la Cruz. Memorable. Yo estaba ocupando una mesa, algo incómodo con la corbata —porque el asunto era medio de etiqueta—, cuando por eso que se llama el rabillo del ojo me pareció observar que alguien entraba al salón del hotel y me giré. Tardé un poco en reconocer a Elena: llevaba un vestido negro, escotado y perfecto, cuyo único adorno era un collar de perlas, y aunque parecía imperceptiblemente insegura como un potrillo sobre sus tacones, avanzó por entre la multitud, digna como una reina, hasta mi mesa. Con ese relente de vanidad genérica que sentimos los hombres cuando se nos acerca una guapa conocida, le di un beso y llamé al camarero para que le trajera una copa. La mirada del tipo fue apreciativa, pero Elena pareció no darse cuenta. Me preguntó si hacía mucho que habían empezado a tocar, era una lástima pero demoró una eternidad en cambiarse y luego no daba con las señas del hotel. Sacó un cigarrillo de mi cajetilla y fumó aplicadamente, mirando a Enzo que movió apenas la cabeza respondiendo a su sonrisa efusiva y cómplice. Era tal su concentración en la música, en las manos ágiles y sabias de Enzo sobre el teclado, que no me animé a decirle nada. Entonces, disfrutando de su perfil de mujer plena, comprendí que estaba frente a la verdadera Elena, como si su disfraz fuera el otro, el que usaba comúnmente, forzada por quién sabe qué pacto generacional o deseo de ocultarse en lo colectivo. No era la ropa, no: aquel vestido, aquellos tacones y medias oscuras eran apenas como el compuesto químico que hace emerger la imagen soluble de una fotografía.

Sus ademanes resueltos a la hora de llevarse la copa a los labios o ladear sus cabellos cobrizos tenían una soltura demasiado natural como para ser aprendidos. Ni siquiera me había preguntado «qué tal estoy», como suelen hacer instintivamente las chicas cuando visten de noche y se advierten inhábiles para una etiqueta desacostumbrada. Elena estaba definitivamente en su ambiente. Miré al uruguayo, incómodo con el *smoking* que le habían obligado a vestir, perdido como Suso y los otros en sus trajes de pingüino, sudorosos e inexpertos, cuando en el descanso se acercaron a la barra con ese estruendo afectado de quienes no se hallan en sus dominios, y miré a Elena que esperaba confiada a que Enzo se reuniera con nosotros. «Está guapísimo», me susurró al oído y yo volví a mirar al uruguayo, grandote y lento, colorado como un camarón, con la piel enrojecida por la rigidez almidonada del cuello de la camisa, que en ese momento nos hacía señas de que ya venía. «Tú estás guapísima», le dije sinceramente y ella se llevó una mano al escote donde el collar brillaba sobre su piel de fruta madura. «Gracias», dijo acomodándome el nudo de la corbata. No sé por qué el gesto me conmovió. Supongo que por el whisky, o tal vez porque en ese ademán protector y cálido, solvente y reposado, encontré nuevos indicios de lo que ya empezaba a sospechar, de eso que ahora, tanto tiempo después, aún me afano inútilmente en describir, dando vueltas como un perro que quiere morderse la cola. Bien, pero exactamente ¿qué es? No sé, no sé, no sé.

10 DE NOVIEMBRE

Pero no dejo de pensar en el asunto. Eso que hay en Elena tiene mucho que ver con lo que pasó después, cuando terminó la fiesta aquella y nos quedamos los tres (Marrero y el grupo se habían marchado ya, confusamente asqueados de aquel ambiente), bien contentos y disfrutando del lujo algo obsceno de aquellos salones.

Cuando Enzo se acercó a nosotros lo hizo con un italiano cincuentón de ademanes de *bon vivant* que se nos presentó algo solemnemente como Pasquale Marchetti, promotor de músicos, y que de inmediato escudriñó a Elena con su mirada de halcón. Hizo —y esto fue lo increíble— el ademán de besar la mano que le extendió una divertida Elena y se sentó murmurando formalidades. Levantó una diestra imperial y al instante se acercó un camarero solícito. De manera que pasamos a la champaña con toda naturalidad y el italiano nos explicó (en realidad, solo miraba a Elena) que estaba de paso por la isla y que, aún de vacaciones, tenía interés en husmear aquí y allá en busca de músicos todavía desconocidos, pero valiosos. Lo dijo como al descuido, pero seguramente no dejó de anotar el destello en los ojos de Enzo, que tenía las orejas más tiesas que Bugs Bunny. A mí el asunto empezó a olerme mal, pero yo qué pintaba allí, ¿verdad? Bueno, pues, estuvimos cerca de dos horas, escuchando maravillados las anécdotas llenas de *savoir faire* que el italiano (milanés, nos aclaró severamente en algún momento) había vivido en Londres, Miami, Nueva York (los atardeceres purpúreos desde Manhattan eran algo inolvidable, ah) y en mil sitios más, todos selectos. Con la *jet set*, claro. El tipo se las traía, pues aunque Enzo estaba ya navegando en la vida triunfal que le esperaba, el milanés desplegaba, con toda la jeta del mundo, su más graneada artillería para seducir a Elena, que se defendió con destreza y algo que bien podría llamarse aplomo de alta costura. Empezó comentando con gravedad que por una mujer con ese nombre se había perdido un imperio. Joder, estuve a punto de aplaudir con toda sorna la originalidad del tipo. Luego pidió otra botella de champaña para festejar el hecho de que Elena tuviera ascendencia italiana por parte de madre (pero Enzo es más bachiche que Garibaldi y ni lo empelotó), y de allí resultó natural que la charla se fuera cerrando en torno a ambos, aunque el *signore* Marchetti tenía la habilidad de hacernos creer que todos participábamos de la conversación. Después de preguntarme algo sobre mi enigmático país y comentar sentencioso «el imperio de los incas, un gran pueblo», volvió a la carga.

Yo asistía entre divertido y perplejo a esa especie de tango verbal al que se entregaban ellos dos, ejecutando a la perfección las marchas y contramarchas de la seducción. Enzo estaba en la constelación del Cisne, perdido seguramente en inventariar un triunfo que ya veía cercano, pues Marchetti se las arreglaba para soltar de tanto en tanto frases elípticas donde sin embargo espejeaban ambiguas promesas. Luego miraba a Elena y embestía otra vez, tan pronto alabando la perfección de su perfil, como celebrando sus ocurrencias o arqueando de pronto unas desmesuradas cejas transalpinas cuando ella (que tiene su cultureta) mencionaba algún libro de Calvino o de Lampedusa. A la segunda botella de champaña, y aprovechando que Enzo fue al servicio y yo, amodorrado por la bebida, miraba hacia los jardines, Marchetti acercó un poco su silla a la de Elena, con un movimiento de confidencialidad y audacia. «Por cierto, me olvidaba», dijo, mostrando unos dientes que me parecieron verdaderamente de lobo, al ponerle una tarjeta sobre la mesa. Eso lo perdió. Los ojos color caoba de Elena relampaguearon con una autosuficiencia desarmante, clavados para toda la eternidad en los ojos de Marchetti. Luego, sin dejar de sonreír, cogió la tarjeta despacio y después de mirarla un buen rato, como si la estuviese leyendo a fondo, volvió a colocarla en la mesa, diciendo que mejor se la daba a Enzo, mire, allí venía. Fue un gol de media cancha. Marchetti envejeció bruscamente y se quedó callado. Porque, claro, él solo estaba tendiendo una vulgar emboscada de Curro Jiménez, cuando en realidad lo que le hacía falta para conquistar a Elena era la estrategia del desembarco de Normandía. Cuando Enzo se sentó a la mesa, ella miró su reloj y suspiró alarmada. Marchetti se llevó inútilmente una servilleta a los labios y dijo que con gran pesar nos abandonaba, tenía que madrugar. Se incorporó completamente senil, aunque aún tuvo arrestos para amagar un beso en la mano, ahora negligente, que le extendió Elena. Al final le dejó su tarjeta a Enzo y dijo que lo llamara antes del 15, pues él viajaría a París en esa fecha. Entonces, cuando salimos del hotel, algo achispados los tres por el champaña, me di cuenta de que Elena era mucha Elena para Enzo. Durante el trayecto de regreso, mientras escuchábamos la voz encendida del uruguayo hablando de aquella fabulosa oportunidad, de lo carísima que debía haber salido aquella invitación, yo me encontraba una y otra vez con los ojos pragmáticos, conocedores, de Elena, devueltos por el espejito retrovisor.

13 DE NOVIEMBRE

Ayer domingo, el uruguayo me esperaba en la parada de guaguas de La Orotava, las manos en los bolsillos y sus eternos lentes oscuros, detrás de los cuales parecía intuirse una reposada felicidad. Era una tarde impregnada de olores frescos, con un viento impetuoso y jovial que emborrachaba. Un domingo propicio para la charla amable con los amigos. «¿Qué hay, loquito?», me palmeó afectuosamente la espalda y caminamos por las empinadísimas calles de La Orotava hasta llegar a su casa, comentando el Valencia-Tenerife que se jugaba esa tarde. En la puerta estaba Elena, con un delantal de cuadros sobre su falda larga, negra, batida por el viento igual que sus cabellos. Parecía un personaje de Moravia, con esa vitalidad romana que le viene por parte de madre. Me dio un espléndido beso en la mejilla, cogió con aprobación la botella de tinto que había llevado y pasamos a la casa. «Siéntate, por favor», me dijo ella señalando un sofá robusto y algo anticuado que rechinó escandalosamente cuando me senté, justo al lado del teclado electrónico de Enzo. «En un momento tengo listos los ravioles», agregó con un revuelo de faldas antes de perderse en la cocina. Flotaba un olorcito a pasta y a contento, a manzanas maduras. Enzo puso de inmediato una cinta que blandió en su diestra con una sonrisa triunfal, la había pillado la semana pasada por trescientas pesetas: era una locura, el *In Washington* de 1956 de Lester Young, joyitas de esas que de vez en cuando se encuentran husmeando con paciencia entre los puestecillos del rastro, me guiñó un ojo sentándose frente a mí con una actitud vigilante y casi solemne. Cuando empezó a sonar el primer tema y aunque yo no hice nada que pudiera interpretarse como un amago de hablar, Enzo cerró los ojos y se llevó un índice a los labios. Lo retuvo allí un momento, como si en realidad estuviera concentrándose devotamente en lo que escuchaba.

A mí esos arranques místicos del uruguayo cuando escucha algo que le gusta a rabiar, al principio me parecían casi una pose, sobre todo cuando ocurrían en el Búho, rodeado por una nube de gente tan perfectamente ubicada en el carácter terrestre de su disfrute que verlo a él allí, con los ojos cerrados y su índice admonitorio y taoísta era bastante, digamos, curioso. Pero luego me fui dando cuenta de que el arrebato metafísico de su placer resulta tan sincero como perentorio: necesita realmente cerrar los ojos y llevarse un dedo a los labios para acallar sabe Dios qué impulsos dionisiacos, qué alaridos de éxtasis, en fin, hay gente para todo. Probé a cerrar los ojos y a pedirme silencio con un dedo yo también, para ver qué ocurría y escuché a mis espaldas una risita. Me volví descubierto y sonrojado. Elena estaba apoyada en la puerta de la sala, sonriente y feliz, y así, con su delantal a cuadros y un cucharón de madera en la mano parecía casi un ama de casa de anuncio.

«¿Sabés lo que son las escalas menores egipcias?». Enzo regresó muy lentamente de su viaje astral, apagó el equipo y se sentó frente al piano. Yo ya estoy acostumbrado a ese tipo de preguntas inverosímiles así que no dije ni pío, porque en realidad no son preguntas sino enunciados pedagógicos con los que Enzo acostumbra a plantear sus ideas. Sus dedos se colocaron con soltura en el teclado y continuó hablando con su voz didáctica y suave. «Con la escala egipcia cambias simplemente los bemoles y los sostenidos allí donde quieres la nota bemol y donde la quieres sostenido. Así, ¿te fijás? De modo que tienes dos bemoles y un sostenido. Esto significa que tocarás mi bemol y la bemol y entonces fa será sostenido». De pronto sonó el mismo fraseo que habíamos escuchado hacía un momento, pero ligeramente distinto. «Colocás la nota que quieres, como en la escala egipcia menor de do. La cosa suena medio rara porque ahora tienes dos bemoles y un sostenido, pero te da la libertad de trabajar con ideas melódicas sin cambiar la tonalidad básica. Fijate».

Tocó bárbaramente una versión del «Almost like being in love», que se fue volviendo más ágil que en la versión de Young, algo delicado y al mismo tiempo fresco, no sé, distinto, las escalas esas tal vez, pero lo que a mí me conmovía era la actitud de Elena, con los ojos embravecidos por un fervor indisimulable y bello. Y es que su amor parece más bien una militancia. De vez en cuando me miraba como para hacerme partícipe de su orgullo y yo le sonreía con cara de idiota, descubriéndome con los dedos disimuladamente cruzados tras la espalda, pensando «que dure. Que este tipo de felicidad dure». Pero en seguida me entristecí al darme cuenta de que ya en el centro mismo de mi deseo había una duda. Y una duda bien razonada. Bueno, luego fueron los ravioles y el vino, el ensimismamiento de Enzo escuchando el partido por la radio mientras pelaba una manzana, las confidencias chisporroteantes de Elena sobre su carrera (abandonada brevemente, pero nada más), el empeño en arreglar la casita que compartían, su entusiasmo agotador por la música de Enzo, que en ese momento se encontraba atrincherado en un silencio distante mientras parecía esculpir la fruta con paciencia de orfebre. «Llegará muy lejos, ya verás», agregó de pronto ella y le pasó una mano por los cabellos. Y yo tocando discretamente madera. Qué infeliz.

14 DE NOVIEMBRE

Ayer no tenía muchas ganas de escribir, o quizá no tenía ganas de escribir esto que ahora planteo porque soy un pájaro de mal agüero y me conozco, mosco. Pero ahora, en esta tarde soñolienta, amodorrado por un almuerzo demasiado rico en colesterol allí en el bar donde suelo comer, prefiero escribir todo esto en mi libretita, quizá porque de pronto me he dicho que a lo mejor nombrar exorciza lo nombrado. Es casi como un cuento, un cuento un poco triste, claro. A eso de las seis, mientras esperábamos la guagua que me traería de regreso a Santa Cruz, Enzo se sentó junto a mí en un banco del paradero, con los brazos cruzados y el torso muy inclinado hacia delante, como un futbolista en el banquillo. «Yo no te he contado», empezó a decir mientras encendía un Coronas y miraba con atención hacia la calle desierta. «No te lo he contado, pero me gustaría que lo supieras, a ver qué pensás vos, que eres medio intelectual». Le agradecí con efusión ese medio de voto de confianza, pero no acusó recibo y continuó hablando. Habló durante los casi treinta minutos que esperamos el bus, apenas buscando aquí y allá una palabra mía de asentimiento, de apuntalamiento más bien, a su monólogo.

Cuando llegó a la isla, hace unos cuatro años, vivía en un edificio de estudiantes, allí en La Laguna. Compartía el piso con dos chicos más, majoreros, creo, y lo pasó bastante difícil al principio, mientras buscaba trabajo y gestionaba el bendito permiso de residencia, en fin, el típico periplo del inmigrante. Además estaba lo de compartir el piso, cosa que Enzo llevaba bastante mal por aquello de la tranquilidad e independencia que había dejado en Montevideo. (Él es de Carrasco, por eso muchas veces no dice te fijás o te reís, sino te fijas, te ríes, como la gente normal). Bien, vamos allá: el asunto es que al cabo de unos meses tuvo la fortuna de encontrar un trabajo bien bacán, como profesor de piano de una niña de la *high society* tinerfeña. Al año y medio más o menos ya tenía cuatro alumnos más y tocaba de vez en cuando con alguna gente en fiestas de pueblo y cosas así, de tal manera que cuando los majoreros se fueron del piso él pudo permitirse el modesto lujo de apañárselas con el alquiler íntegro. Por entonces se mudaron justo frente a su puerta tres chicas, bulliciosas y jóvenes, muy propensas a demostrar la impune coquetería de las veinteañeras, seguramente porque, aun cuando no habían cruzado una palabra con Enzo, notaban que era extranjero. «Te fijas que yo siempre parezco extranjero, ¿no?», dijo de pronto, adelantando un poco su rostro pecoso hacia mí. «Como soy pelirrojo y ojiazul, hasta en Inglaterra parezco un gringo. En cualquier sitio a donde vaya, la primera pregunta me la hacen en inglés, loco, y hasta creen que los embromo cuando yo me empeño en contestar en buen castellano oriental». Le dije que sí, a mí también me había ocurrido cuando nos conocimos en el Búho. Bueno, el caso es que llegaba a su planta y si estaban las chicas por allí dejaba una estela de risitas disforzadas y miradas curiosas a su paso. Así durante un largo tiempo, buenos días, buenas noches, qué tal, y nada más. Él ni las empelotaba porque a Enzo, desatendiendo ese principio bastante uruguayo del ligue con la mocosa, no le hacían mucha gracia las chicas precisamente por botijas, es decir, por niñatas. (Aquí N. del T., o sea, nota del traductor). Bien, ahora venía lo bueno, dijo lanzando la colilla al pavimento y frotándose las manos como si tuviera mucho frío. Nada más abrir la puerta encontraba en la casa un olorcito raro, un perfume de mujer muy tenue pero persistente, como si alguien hubiera estado allí y se hubiera marchado súbitamente, antes de él llegar. Al principio no le dio importancia, claro, llegaba rendido y se ponía a practicar en el teclado de segunda mano que acababa de comprar. Pensó que como los balcones de ambos pisos, el de las chicas y el suyo, colindaban, por ahí se filtraba el perfume de alguna de ellas. Pero tampoco podía ser eso, reparó después, el olor se perdía a medida que se alejaba del salón, donde parecía flotar convertido en un fantasma o un recuerdo. Probablemente nunca hubiera sabido nada hasta que una tarde llegó más temprano de lo habitual, ¿y qué creía yo que se encontró? Moví la cabeza con convicción: ni puta idea. Pues nada menos que a una de sus vecinas, rociando perfume por debajo de la puerta con un pulverizador. Se quedó frío y cuando la chica dio la vuelta y se lo encontró allí, en medio del pasillo, ni se amedrentó. Por el contrario, soltó una risita traviesa, le pegó una pulverizada en la nariz y se fue muy ufana, con un revoloteo de faldas.

«Ajá», dije yo como para animarle a continuar, porque de pronto se quedó un buen rato callado, mirando el tráfico perezoso del domingo, como si de pronto hubiera perdido todo interés en lo que me estaba contando. «Aquello me pareció un detalle simpático y la chica, aunque botija, estaba muy bien. Además, yo me encontraba muy solo, ¿entiendes? Era jodido llegar a casa y sentir esa bofetada que es la soledad. Yo nunca la he llevado bien. ¿Tenés idea de lo que es eso, tenés una idea de lo que es la soledad?». «Vagamente», le dije encendiendo yo también un cigarrillo. Una brisa fresca se levantó de súbito y Enzo se quitó las gafas para limpiarlas meticulosamente en su chompa. «Al día siguiente me la encontré en las escaleras y le dije que si quería irse a tomar unas copas conmigo por ahí. Así le dije, sin ni siquiera presentarme. Qué burro. Ella me dijo que sí, por qué no. Bueno, al poquito tiempo me enroshé con la piba (Enzo nunca se enrolla, se enrosha: otra vez N. del T.) porque me sentía bien con ella. Y a los meses de salir con cierta frecuencia estábamos viviendo juntos y luego, ya ves, nos mudamos para aquí, para La Orotava, a esta casita que es de la madre».

Qué cara debí haberle puesto porque por primera vez en toda la tarde sonrió. «¿De quién te creías que estaba hablando, peruano de mis pelotas?». No me pude contener: «¿Y?». Enzo se llevó una mano a los cabellos muy despacio, mirándome desde la oscuridad siniestra de sus lentes. «Pasa que yo no estoy enamorado de ella, loco, y no sé cómo decírselo. Ya has visto cómo se porta conmigo. La vida es una cosa que te lleva de aquí para allá sin que tú sepas muy bien cómo ni cuándo...». En ese momento el ómnibus se acercó con sus resoplidos mecánicos y yo me levanté, confuso. Desde el banco Enzo seguía mirándome intensamente, como si esperara una respuesta. Una respuesta que yo no tenía, claro. Le dije cuatro tonterías sobre la sinceridad y que mejor al toro por los cuernos. Quedé en llamarlo.

Ahora, tumbado en mi cama de monje zen, pienso en Elena, en su militancia, en sus veintitrés años, en sus planes de futuro. Qué joda, ¿no?

17 DE NOVIEMBRE

Larguísima charla con Andrés, el camarero del bar donde acudo con frecuencia. Debo reconocer que fue amena. Normalmente no hablo con los camareros porque siempre me da la impresión de que escuchan lo que uno dice resignados a moverse en ese vago tramo que emparenta su profesión con la de los psiquiatras. Y no me da la gana de ser la penitencia laboral de nadie. Imagino que detrás de mí viene otro que dirá las mismas cosas, que comentará idénticas irrelevancias, tontos chistes —que el camarero reirá educadamente— y épicas anécdotas que en el fondo son las mismas sórdidas aventuras de todo el mundo, apenas aureoladas por nuestra vanidad. Y el camarero lo sabe. Esa es su secreta venganza porque es consciente —si es un profesional— de que no hay correspondencia en las relaciones con él, que él no debe empezar el palique, como se dice por aquí. De un lado de la barra, el nuestro, se inicia el diálogo; del otro lado se continúa o no, pero la recíproca no se cumple. Ocurre que mientras más hablemos con un camarero más difícil será que se mantenga esa distancia que exigimos los solitarios, los que buscamos la barra de un bar hasta para comer. Y entonces, adiós tranquilidad, vida mía. Pero la charla con Andrés fue entretenida y larga. Tanto que tuve que detenerme, empavorecido, a orillas de la confesión, después de encadenar varios temas que iban descendiendo peligrosamente a lo personal. Lástima, me hubiera gustado seguir conversando de las islas, eterno enigma para mí, que las habito desde hace pocos años, de Horace Nelson, de Los Sabandeños, de las siniestras alianzas políticas que se procuran por estos pagos. Pero Andrés llegó a ese punto en que me soltó lo de su relación recientemente rota y como yo andaba por el tercer o cuarto whisky casi correspondo hablando de Carolina. Tuve suficiente prudencia como para pagar e irme sin que se notase mucho mi atolondrada deserción de la intimidad. Lástima, con lo bien que estaba allí.

20 DE NOVIEMBRE

Teoría de Capote sobre la barra y a propósito de mi charla con Andrés, el camarero: Capote me contó la otra noche que en cierta ocasión lo citó un editor para hacerle una propuesta respecto a un libro suyo, inédito aún. Dice él que, dado que la cita era para tomar unas copas, le chocó horriblemente (yo adjetivo, pero su cara cuando me lo dijo era toda una elegía al desdén) llegar al Mencey —donde era la cita— y sentarse en la barra a esperar al editor, sin preocuparse siquiera por mirar en torno a él: le bastó una ojeada a su alrededor para entender que el tipo no había llegado todavía. Cuál no sería su sorpresa, me dijo, cuando al levantarse para ir a los lavabos descubre al editor casi escondido, sentado en una mesita inmaculada en el otro extremo del bar, adiposo y sonrosado, casi a punto de jugar a tomar el té. Saludos, desconcierto por parte de ambos y recíprocas disculpas. Al final, la propuesta era inverosímil por ridícula y se notaba a leguas que el tipo apenas tenía idea de su trabajo.

Corolario capotiano: desconfía de los editores que te citan en un bar y no se acercan a la barra. Bien mirado es cierto, ¿cómo se puede beber a conciencia un *dry martini* o un *manhattan* en una mesa más propia para tomar el té?

22 DE NOVIEMBRE

Por ahí he anotado algo acerca de la voz (debería decir La Voz, como a veces se refieren a Frank Sinatra) y la dificultad que tengo para situarla en mis coordenadas vecinales. A veces parece cercana y a veces llega tenue, casi infinitesimal, como un recuerdo o un eco, como cuando registramos en pleno bullicio de una tienda el filamento de una melodía conocida destilando por el hilo musical y ya no sabemos si es nuestra imaginación o nuestro oído el que nos la entrega. Más o menos así. Y estoy por pensar que es más bien una voz lejana porque he descubierto que mi habitación es una Oreja de Dionisio. Ni más ni menos.

Me explico: ayer llegué *troppo tardi* de currar y bastante cansado, con ganas de tirarme en la cama y dormir cuarenta horas seguidas. El asunto es que, como el piso lo conseguí barato porque no estaba amoblado (esa es la vaina de los bienes inmuebles: que, efectivamente, vienen sin muebles), tengo apenas el mobiliario que traje; una mesa de trabajo, otra de diario, dos sillas y estantes para los libros.

Mi cama es una colchoneta muy liviana que coloco sobre una tarima improvisada con maderas, algo entre estéticamente japonés y funcionalmente espartano que me deja la espalda a la miseria, y que coloco pegada a la pared, para abrirle espacio a las estanterías de los libros y a la tele que he puesto sobre unas cajas. Bueno, una vez acostado, escuchando bajito el *ah leu cha* del gran Parker (¿habrá algo mejor en este mundo, Dios mío?) y ya amodorrado escuché clarísimo que alguien me susurraba al oído: «Dime, qué quieres entonces, ¿que me mate? Sabes que si me lo pides, lo haré». Era una voz sin inflexiones, algo ronca y como dopada, que me hizo levantar de un salto. Por un instante pensé que la había soñado. Ahí seguía haciendo cabriolas maravillosas el saxo de Charlie Parker, el furioso ataque del piano, los cuatro compases del contrabajo yendo y viniendo en medio de mi habitación oscura, donde apenas parpadeaba la lucecita roja del tocacasete encendido. Pero nada más. Incorporado a medias en mi patético futón afiné el oído, pero no volví a escuchar ni pío hasta que volví a acomodarme bajo las sábanas. Entonces volví a oír la voz, inverosímilmente clara, filtrándose perfecta por la pared: «Siempre te he querido, y lo sabes, te he dado todo lo que tenía y hasta lo que me faltaba, por ti me he convertido en esto que ves ahora, este despojo sin ambiciones que tú te complaces en humillar delante de tus amigos, feliz de vejarme una y otra vez. No me ha importado y no me importa, no hace falta que te lo diga; me he desterrado de mis amigos y hasta de mi propia familia... No me interrumpas, por favor, sabes demasiado bien que en la muerte de mamá flota mi ausencia, que Candelaria ya no se digna ni siquiera a llamarme en Navidad, que era su manera de perdonarme o por lo menos de no hacerme sentir peor de lo que me siento después de lo que hice. No, si no te lo estoy reprochando, bobita, fue una decisión mía y de nadie más, aunque sabes que lo hice por ti; todo lo he vivido por ti, todo lo he aceptado por tenerte aquí conmigo, casi te diría que contento si no fuera porque al hacerlo se me revuelve el estómago, ya que admitirlo es confesarme que no me queda el menor vestigio de dignidad». Escuché luego unos sollozos y una voz de mujer, alarmada y eléctrica que dijo tres o cuatro frases incoherentes, algo que confusamente parecía el arrullo que se dirige a un niño, pero la voz dopada y sin inflexiones continuó hablando como si interpretara un largo monólogo ensayado durante mucho tiempo: «Todo es una palabra tan grande que sin embargo no alcanza para meter allí adentro esto que siento por ti, esto que me despedaza y que no obstante me hace feliz. Estoy despedazado, ¿sabes, mi niña? Estoy deshecho pero feliz, aliviado. Porque estos días sin ti apenas he podido dormir dos o tres horas. ¿Sabes lo que te digo? Dos o tres horas en cuatro días. Embostado de tripis, esperándote, pegado al teléfono, llamando a todos los amigos para averiguar si ellos sabían algo de ti. Ya, ya, no llores, ven aquí. Has regresado, y eso es lo que importa, eso es lo único que me calma, pero también quería decirte todo esto, para que me conozcas más, para que nunca te quedes sin conocer todo lo que cruza por mi cabeza, para que sepas que estoy dispuesto a cualquier cosa con tal de que no te vayas nunca más. ¿Verdad que no volverá a ocurrir?».

Luego un silencio cargado y denso, roto apenas por los sollozos esporádicos de la mujer, por algo donde se intuían murmullos siniestramente tranquilizadores y caricias, manos buscándose y temblando en esa otra oscuridad colindante con la mía, donde yo apenas respiraba, encogido en mi camucha, aterrorizado como el hombre que asiste por azar a un asesinato.

24 DE NOVIEMBRE

Uno termina siempre por establecer un hábitat definido inconscientemente, ¿verdad?, una jurisdicción más o menos caminable y precisa que armamos de manera fortuita, a base de exigencias irracionales, de preferencias mínimas y algo prosaicas: el estanco donde compramos papel y estampillas, el quiosco del pan y el periódico, el bar del cortado y la barra del whisky, esas cosas. Y de pronto descubrimos que cercado por las mismas coordenadas bulle un gentío tan exacto en sus horarios como nosotros mismos, otros habituales a los que solo al cabo de un tiempo les prestamos atención, como si hubieran emergido a nuestra conciencia mágicamente: son los figurantes de nuestra rutina. A veces resulta un poco incómodo; a veces, curioso. Al bar donde voy a tomarme una copa durante los mediodías que el horario del recreativo me permite, acude también un viejito que llama mucho mi atención, porque está en esa edad en que otros se entregan con plenitud a la molicie de las tardes en el parque, echándoles maíz a las palomas, conversando con otros jubilados, o paseando parsimoniosamente al nietecito. Este no. Este dedica sus tardes a dar clases particulares a chicos de algún instituto cercano. Yo me siento a la barra a tomar mi chelita y desde allí observo la terraza donde se instala este abuelo profesor con sus alumnos ultrajados de acné. Hay algo de batalla perdida en sus reclamos de atención al cuaderno y a los números que dibuja con letra premiosa, mientras el mozalbete de turno parpadea perplejo frente a fórmulas seguramente enigmáticas. Verlo sentado en una mesita de la terraza, rodeado de libros y cuadernos, constantemente acomodándose unos lentes anticuados sobre su nariz de Gepeto, mientras el alumno bufa y se lleva la mano a los cabellos, me producía al principio solo curiosidad. La otra tarde, agotado el interés superficial sobre este módico Rousseau y sus Emilios de saldo, me ha golpeado arteramente el oscuro convencimiento de que el pobre viejo no debe tener a nadie en el mundo, porque la exigua pensión que con probabilidad cobra no le alcanza para mantenerse y se ve obligado a dar clases particulares, vamos, un *hobby* de jubilado no es aquello. Ayer ha llegado un chico hasta su mesa y el viejo ha movido su cervecita para hacerle sitio a los libros, confiado y gentil, pero el alumno no se ha sentado. No oí qué decían, porque yo estaba en el extremo más alejado de la barra, pero no era necesario. El chico le ha dicho algo y se ha llevado la mano a la cartera con gestos bruscos, mientras negaba con la cabeza. El profesor ha hecho un ademán conciliador y como restándole importancia a las palabras del joven, insistiendo en que se sentara, pero de pronto se ha quedado callado al ver que este ponía unos billetes sobre la mesa, daba media vuelta y se iba. Él se quedó frente a su cerveza, viendo las espaldas atléticas del chico que alcanzaba ya la esquina. Luego ha empezado a tamborilear despacito con su lapicero sobre la mesa, como si estuviera pensando en uno de esos problemas matemáticos que a esas horas debería estar resolviendo con el alumno, ha tomado un sorbo de su caña y se ha marchado. Yo lo he seguido con la mirada hasta que alcanzó el paso de peatones donde, confundido ya en la multitud del mediodía, ha desaparecido de mi vista. En fin, supongo que no le faltarán alumnos, pero esta repentina deserción de uno de ellos debe significar un pequeño cataclismo para su economía, ¿no? Mi cerveza estaba tibia y no la he terminado.

27 DE NOVIEMBRE

Ahí está otra vez esa voz agradable y bien timbrada, esa voz femenina y contenta, casi candorosamente alegre, colándose por la ventana entreabierta de mi habitación. Estaba ordenando mis discos de jazz (en realidad, por el puro placer de mirarlos, porque no tengo tocadiscos para oírlos, me conformo con las grabaciones espurias de los casetes), cuando caí en cuenta de que estaba silbando entre dientes una canción de moda, juguetona y facilonga, pero agradable. He levantado la vista hacia ese retazo de techumbres, antenas y copas de árboles que conforman mi horizonte y he mirado buscando la voz que, sin que me diera yo cuenta, me ha invitado a seguirle los compases con mi silbido. Me he asomado al balcón y no he visto a nadie, pero la voz me llegaba nítida y a la vez lejana, íntima, como la de una mujer que se acompaña cantando mientras lava o plancha. Me he quedado escuchándola con gusto, tratando de inventarle un rostro, pero por más que me he esforzado solo he conseguido intuir unas manos: largas, bonitas, desenfadadamente traviesas. Su voz era como una invitación desprovista de propósito. ¿Puede existir semejante pavada? Sí, porque en estos casos, perdida la referencia visual, las palabras se acomodan a su antojo para definir aquello que desconocemos. (Mi profe de Filosofía IV, en Lima, me hubiera clavado un cero perfecto). Lo único cierto es que se trata de una mujer. Y joven, además. Y alegre. Como esta mañana furiosamente azul de noviembre. De pronto ha cesado la cancioncilla pero yo, mientras terminaba de colocar los elepés en su sitio, he seguido tarareándola, con cuerda para rato. ¿Seré un *voyeur* auditivo?

28 DE NOVIEMBRE

Un asco el día: por la mañana ese calor rencoroso que no deja de pegarnos su boca húmeda en el cogote, como un borracho que de pronto se acerca a susurrarnos incoherencias al oído. Por la tarde el cielo se oscureció arteramente y de súbito empezó a caer una lluvia aparatosa que dejó un vaho pestilente a refinería en toda la ciudad. Estaba en la plaza Weyler, leyendo *El País* sin enterarme de mucho y bebiendo un Campari al que el camarero tuvo la mala idea de sumergirle una corteza de naranja pese a mis recomendaciones, cuando empezó el aguacero. Me empapé hasta el alma y tuve que correr a refugiarme en el portal de una tienda allá en la calle Castillo, junto a otros desdichados que aguardaban estoicamente como yo a que escampe. Y nada. Diluvió durante mil horas. Aburrido, molesto, me he dedicado a observar a la gente que corría buscando un techo bajo el cual sacudirse inútilmente el agua que chorreaba. Han pasado dos chicas, riendo confusas o avergonzadas, con los cabellos realmente a la miseria y las camisetas empapadas hasta la impudicia; un oficinista apresurado que no sabía si proteger sus papeles o la calva lustrosa. Al final ganó la cordura y se decidió por los primeros. Un *skinhead* ha cruzado frente a nuestras narices, el paso seguro, la mandíbula brutal, el gesto estudiadamente vanidoso de diosecillo pagano. Se ha pegado un resbalón de la madona, ha hecho una pirueta digna de aplauso y por poco y no se rompe la crisma delante de todos. Recobró el equilibrio —pero no el aplomo— y siguió su camino hasta perderse lluvia abajo. Pero después ha pasado una viejita a trote limpio, como una sombra negra y encorvada, con un periódico inútil en la cabeza, y me ha parecido un mal presagio —sabe Dios por qué— como si fuera una emisaria de la fatalidad. Al cabo, como si el cielo se hubiese cansado de tanto despropósito, ha dejado de llover. Caminé hasta el primer bar medianamente solitario que encontré y pedí una copa pensando en este cumpleaños un poco insulso, un poco soporífero, como lleno de bostezo y humo. De pronto, meciendo la copa de coñac entre las manos, me sorprendí silbando la cancioncilla de mi vecina desconocida. Apenas una tonada puerilmente festiva y me ha alegrado la tarde. Fui a comprar sellos para las cartas que tenía que enviar a Los Ángeles y a Lima, he hecho una cola demasiado larga y sofocante, pero no me ha importado. Yo y mi estúpida melopea esperando turno frente a las lúgubres ventanillas de Correos. El tipo que estaba delante de mí ha girado molesto dos o tres veces, como para que me calle, cosa que en otro caso hubiera hecho de inmediato, pero esta vez no me ha importado. Al fin y al cabo es mi cumpleaños, pensé, que se joda. Pero al alcanzar nuevamente la calle me ha asaltado la imagen de la viejita de negro, varicosa y lúgubre, y todo se ha ido al diablo. Al salir de Correos, otra vez la lluvia de perros.

2 DE DICIEMBRE

Algo que no hice nunca contigo, Carolina, fue llevarte a bailar. A ti te hubiera gustado, porque te gustaba bailarnos ese suave, dulcísimo y ardiente ritmo que simulábamos en la exigua sala de mi casa y que contenía nuestra necesidad de respirarnos sin tiempo; adivinar en la melodía tu piel tan cerca cerquita de la mía, mi piel tan cerca cerquita de la tuya, sabiéndonos (creyéndonos) dueños del otro que empezaba en uno mismo. ¿Recuerdas? A todo aquello —por designarlo de alguna manera— le decíamos «momentitos de felicidad», como si con esas palabras tan candorosas, tan vagas y cursis, estuviéramos atizando nuestro particular y entrañable fuego fatuo, ese exorcismo de nuestro íntimo desamparo, esa desesperada manera de suprimir aquello que —sabíamos que ocurriría— nos alejó irremediablemente. Ahora, por ejemplo, por nombrar, por decir, por escribir, podría enumerar cada momento que no te tengo, cada momento que ahogo en whisky, en este lapso de certeza que me aturde al saberte ajena y lejana, tan lejana como mi miedo es capaz de admitir, tan ajena como mi cobardía es capaz de intuir, Carolina, mi amor, mi amor, mi amor, una cosa que nunca hice contigo fue llevarte a bailar. Y fíjate, me hubiera encantado deambular dos o tres pasos en torno a ti, sentir —digámoslo así— centrífuga mi sonrisa, centrípeta tu premura, epicéntrico el amor que nos aceptaba los gestos y la confianza compartida. Una mierda la física escolar, ¿verdad? Para qué añadir más palabras a esta vergüenza de admitirme borracho, nostálgico, desamparado, sin tu silueta recorriendo mi casa, sin la tibia constancia de tus pies bajo mis sábanas, sin esos cuatro (o tres, no lo sé) momentos fantásticos en que supe que eras aquella mujer que buscaba. Te encontré y te perdí. ¿Sirve de algo admitirlo? No, por supuesto.

3 DE DICIEMBRE

Tremenda resaca. Bajaba del cine por la rambla Pulido, iba tranquilito a mi casa, feliz con la película que había visto —una de esas películas propicias para la coca cola y las palomitas, y que después no dejan ningún tema con el que atormentarnos—, feliz con la chica linda que se había sentado en la butaca contigua a la mía después de echar una rápida mirada en torno y advertir que ya no encontraba sitio ni con ayuda de Dios Nuestro Señor, razón por la cual me preguntó algo desafiante, «¿está ocupada?», señalando la butaca de al lado. No, por supuesto. (Es curioso compartir una película con alguien extraño, ajeno por completo a nuestra vida, ubicado a nuestra vera gracias a los engranajes del azar, y que durante hora y cuarenta y cinco minutos establece una rara intimidad con nosotros; alguien que de pronto se convierte en un potencial intercambio de esas opiniones efímeras que proporciona la película, alguien que se ríe a cinco centímetros de ti en una sala oscura, carajo, no sé cómo explicarlo. Dos extraños vinculados por las imágenes fantasmagóricas de una película: *strangers in the dark*. No se trata de ese desconocido accesorio a nuestra compañía —cuando vamos acompañados al cine— y que es poco menos que la prohibición de usar el otro reposabrazos de la butaca, por decirlo de alguna manera. No, esto es algo diferente, sobre todo si se trata de una persona del sexo opuesto. Hay un estrangulamiento del desahogo que sin embargo tiene una orilla de aventura, una secreta complicidad producida por la sala oscura y el filme compartido).

Bueno, la vaina es que regresaba tranquilito del cine y, al pasar por el Metro, miré hacia adentro, automáticamente atraído por el bullicio: ahí estaba Capote, apostado silenciosamente en la barra. Me acerqué y me puse a su lado, ¿qué tal, Capote?, le dije y pedí un whisky. Él levantó la vista del periódico que leía con desgano. ¿Qué pasó?, me saludó alzando su vaso. Somos parcos, por lo general. De inmediato advertí que tenía varios whiskys encima y que estaba en uno de esos momentos de depresión que lo atacan alevosamente por estas fechas. Yo estaba con ganas de llegar a casa, pero no sé por qué decidí acompañarlo en su tránsito por los sótanos lúgubres de la embriaguez. Cuando ya no quedaba nadie en el bar y los camareros hacían su arqueo mirándonos severamente de vez en cuando, salimos a la madrugada húmeda, embriagados, además de por las copas, por una conversación caótica, turbulenta, donde por primera vez desde que lo conozco planeó como una sombra el nombre de su mujer y entonces también el de Carolina, esas pequeñas miserias sentimentales a las que son tan propensos los borrachos desamparados y que, por fortuna, al día siguiente quedan en el olvido. Luego llegué a casa y escribí lo de ayer. Ahora que lo he leído, me he sentido extremadamente cursi, avergonzado, como un borracho que a la mañana siguiente descubre su vómito y recuerda la noche anterior, el porqué del dolor de cabeza y de la lengua áspera y amarga. Lo he dejado allí, no he arrancado la hoja porque es una manera de advertir que hay otro que escribe en este cuadernito, otro que a veces asoma el hocico desde su madriguera y..., bueno, allí está: señoras y señores, con todos ustedes el hermano tanista, el *doppelgänger*, el pelotudo-otro.

5 DE DICIEMBRE

Recibí carta de Laura, la hermana de Arturo, que ha dado con mis señas casi por casualidad ahora que ha estado en Lima. El buen Arturo. Siempre he pensado que entre las tantas cosas que admiro en otros destaca con naturalidad el coraje de mi amigo. Admiraba su capacidad de enfrentar a pecho descubierto todas las adversidades por las que pasó en aquel último verano de su vida en Lima y todas las que debe haber pasado desde que se instaló primero en Los Ángeles y luego en Londres, según me cuenta Laurita. En esos lejanos años de mediados de los ochenta, cuando aún no éramos por completo conscientes del Perú que se consumía en la hoguera sarracena de la violencia terrorista y en la ciénaga de una democracia populachera y adúltera capitaneada por Alan García y sus secuaces, nosotros íbamos a la universidad, asistíamos a las fiestecitas pitucas de los amigos y de vez en cuando nos enfrascábamos en pundonorosos (y bastante mediocres) partidos de tenis en el Real Club de San Isidro. Pero sobre todo nos emborrachábamos de lecturas y nos atiborrábamos de cerveza y panes con chicharrón en aquellos bares rotundos y truculentos del Centro de Lima a los que acudíamos de vez en cuando, seducidos por la necesidad de escapar de esa serenidad de opereta que era la calma pequeñoburguesa de San Isidro y la Universidad de Lima, quizá tocados ya por el vaticinio de sabernos tarde o temprano alejados del país, buscando en aquellos merodeos nocturnos por la sucia intimidad de la Lima caótica y provinciana el sabor más auténtico que nos llevaríamos con nosotros a quién sabe qué parte del mundo. Arturo pensaba acabar la carrera y partir a París para hacer un doctorado en la Sorbona. Hablaba de sus planes con toda la bizantina confianza del que espera que el sol salga mañana igual, idéntico a todos los días. En su precisión de objetivos no existía ninguna fisura, no tenía por qué haberla, y yo pensaba confusamente que el simple hecho de escucharlo me trasmitiría la misma incuestionable decisión de construirme también un futuro sin aristas, impecablemente pormenorizado y exacto. Yo no sabía qué demonios era lo que quería; estaba terminando la carrera un poco por el vago imperativo de la tradición familiar y otro poco por una ausencia real de objetivos: mi padre estaba dispuesto a sacar de donde no hubiera para pagarme estudios fuera del país y cuando un primo mío llegó eufórico con la noticia de unos cursos libres de Ciencia Política en Cambridge, cuyo único requisito era una licenciatura, confieso que la idea me entusiasmó. Pero creo que más le entusiasmó a Arturo, porque desde el presente no ejecutado pero incontestable de sus propios planes, el que yo estuviera en Londres y él en París permitiría que hiciéramos realidad uno de esos tantos proyectos juveniles que habíamos ido elaborando en nuestras eufóricas noches de conversación y que consistía en un viaje juntos por Europa. Así se nos pasaban las horas, charlando atropelladamente, entre sorbos de cerveza y fumando los inagotables y oscuros More americanos que a su padre —marino de alto rango— le conseguían de contrabando. A menudo pienso qué espantoso sino debía llevar marcado en la frente mi amigo para que la vida le cambiara de un verano para otro así, tan dramática e irrevocablemente.

Arturo estaba de vacaciones cuando ocurrió: yo me enteré por Laura. Ella me llamó desesperadamente a casa ese mismo día y entre lágrimas y gemidos histéricos me dijo que no sabía dónde localizar a Arturo y que quizá yo lo supiera. Habían asesinado a sus padres. Un comando terrorista los había esperado cuando ellos salían de casa y dispararon a quemarropa contra Herrera, el chofer, un zambo bonachón y gigantesco que estaba con la familia desde hacía muchos años; Laura había visto todo desde la ventana: cómo caía el cuerpo de Herrera golpeándose contra la portezuela del auto («como un saco de papas, como un muñeco roto», me diría después, atiborrada de calmantes) y cómo su padre había intentado cubrir a su esposa antes de caer abatido por una ráfaga de metralleta que también alcanzó a la mujer. Allí quedaron los tres cuerpos cuando partió el auto desde donde dispararon los terrucos y Laura bajó a las carreras, gritando desesperada, intentando arrastrar los cuerpos aún tibios y encharcados de sus viejos, absolutamente sola en medio de esa siniestra calma que era el barrio arbolado a aquellas horas de la mañana. Arturo se enteró a los diez días (se había ido con un grupo de amigos a Yungay y estuvo completamente perdido en algún pueblecito de por ahí), cuando sus padres hacía tiempo ya estaban enterrados. No tenían más familia que un tío lejano que vivía en Los Ángeles, a donde partieron casi de inmediato; Laura a terminar el colegio y Arturo a trabajar. Después de esperar vanamente respuesta a alguna de las tantas cartas que le escribí, la rutina, los estudios, me fueron empujando a esa innoble indiferencia que crece aun en las amistades más sólidas como un musgo paciente y traicionero.

6 DE DICIEMBRE

Ayer me quedé hasta tarde escribiendo y recordando a mi amigo, impulsado por una necesidad de recomponer, aunque sea con la pobreza de las palabras, esos fragmentos de un pasado que me corresponde, aunque de manera tangencial, porque también me marcó a mí. Creo que me ha hecho bien contármelo, escribirlo con esa lejana objetividad que hoy, al releer lo escrito, me he dado cuenta de que he puesto en las páginas anteriores. Hasta hace poco me había rehusado a pensar en Arturo porque cuando él regresó de Yungay yo acompañé a Laura al aeropuerto para recibirlo. Era una mañana densa de neblina, donde ya se presentía el pegajoso calor del sol que iría despuntando poco después. Recuerdo la calidad corpórea del miedo y de la tristeza que sentí al verlo aparecer en la escalinata, con ese aire de ficticia desenvoltura que adoptan inconscientemente todos los viajeros, su saludo entre divertido y vagamente alarmado cuando por fin nos ubicó, mientras se acomodaba en las espaldas su mochila de dimensiones descomunales. Escribir lo que ocurrió después, las palabras y el llanto de Laura, la grotesca incredulidad que descompuso violentamente el rostro de Arturo, mis frases inútiles, sabidas de antemano absurdas, es como desenterrar uno de esos episodios de nuestras vidas que se mantienen hibernando en alguna galería profunda del subconsciente, dispuestos a despertar nada más acercarnos a su recuerdo. Y no quiero. ¿En el fondo qué importa decirme que Arturo tuvo que cambiar el rumbo de su vida, que tuvo suficiente aplomo como para admitir que debía abandonar la universidad, viajar a Los Ángeles con su hermana donde tenían familia y dedicarse a trabajar? ¿Qué puede importar que ahora me entere de que vive en Londres, que trabaja en un supermercado y que piensa retomar sus estudios?

9 DE DICIEMBRE

Hoy, mientras limpiaba mi habitación, escuchando distraído las noticias por la radio, ha vuelto a filtrarse, como un viento fresco y saludable, la voz de mi vecina invisible. Me detuve con la escoba en la mano, intentando absurdamente ubicar de dónde provenía, y me he acercado a la ventana. Apoyado en el balconcito que da a la calle estrecha y arbolada, he mirado en todas direcciones, escuchando esa voz dulce y limpia que entonaba el estribillo de una canción de moda, como parece ser su gusto. Esta vez creo que era una canción de Presuntos Implicados, esa que dice yo, que soy el mar..., etcétera, etcétera. Me he quedado un buen rato aguzando la vista como un vigía en su torreta, inclinado hasta la temeridad en la baranda, y cuando ya volvía a meterme desalentado en mi madriguera he creído ver, en el edificio que hace esquina al fondo de mi calle (menos de cuarenta metros), la pronta silueta de una mujer joven asomando con unas alfombras o unos trapos por la ventana. Sin razón alguna, el corazón me ha dado un vuelco, empecinado en decirme que se trataba de ella, y neciamente me he zambullido en la penumbra, como si me pudieran haber pillado en falta. Luego, claro, me he declarado decididamente imbécil y me he dedicado otra vez a la limpieza de la habitación, luchando con el deseo de volver a mirar, excitado como un crío transgrediendo una prohibición. Mientras metía escobazos frenéticos en rincones ya repasados, he forzado a mi pobre memoria a rescatar esos rasgos intuidos más que vistos, temiendo que se disuelvan y confundan entre otras imágenes, como si recomponer aquel perfil numismático de cabellos rubios, esas manos como pájaros que han revoloteado un instante en la ventana vecina fuera encontrar la palabra que nos falta para rematar un crucigrama. Pero, por supuesto, no se trata de esa curiosidad plana y monocorde que a veces nos motiva frívolamente a descubrir las minucias que nos rodean, sino de algo más rotundo. ¿Pero por qué tanto interés? Supongo que en esa voz que me sosiega y al mismo tiempo me turba, que llega a mí lejana y hasta hoy inubicua, hay un punto de soledad o melancolía que se ha convertido en algo así como la banda sonora de mi propia soledad.

I I DE DICIEMBRE

Navidad, dulce Navidad. Santa Cruz se adorna con una inocente algarabía de luces titilantes y flores pascuales que eclosionan en los canteros como una promesa de felicidad. Las calles céntricas (es decir, todas) son acometidas rabiosamente por un gentío que discurre entre los escaparates y los bares, donde flota un olor manso de jamón y marisco. Un concierto de bocinazos. De aquí y allá escapan tiernos, dulces, exasperantes villancicos, papanoeles multiplicados en las esquinas, patinando, tocando campanitas, repartiendo golosinas y folletos de tiendas y *boutiques*. Muy bonito todo, muy lindo. Hoy, saliendo de trabajar, agotado a muerte pero completamente arrebatado por el espíritu navideño, corrí a comprar unas postales para enviar a mi familia y a Arturo, que al parecer se ha instalado definitivamente en Londres, según me contaba Laura en su carta.

Ya en el estanquito cercano a Correos aguardé pacientemente a que me atendieran mientras elegía tarjetas, tarea en la que pretendo ser cuidadoso, puesto que suele ser la única y postal constancia de mi existencia para los míos, y además me parece una inelegancia no tener el detalle de la elección discriminante en-fechas-tan-señaladas: las había de todos los tipos y de todos los precios, y la gente las cogía por paquetes, a ciegas, sin siquiera mirarlas, mientras yo seguía impertérrito, embargado por el espíritu de la Navidad, eligiendo con todo primor las mías. Pero el lugar era pequeño, cada vez entraba más gente y empezó a levantarse un vaho promiscuo y lleno de voces que terminó por asfixiarme. Cuando me di cuenta ya solo quedaban las tarjetas más feúchas y no sé por qué me aterré pensando que se iban a acabar y yo me iba a quedar sin tarjetas. Cogí las dos primeras sin siquiera mirarlas, pagué entre empujones y paquetes que se me clavaban en las costillas y salí sintiéndome absolutamente tonto, pues la bocanada de aire crudo que respiré al escapar de allí me hizo entender que podría haber ido tranquilamente a otro estanco, volver mañana, qué sé yo, cualquier cosa menos cometer la estupidez de comprar en ese arrebato de locura y pánico consumista. Me acerqué todavía aturdido al primer bar que hallé en mi camino y allí, frente a una cerveza, miré las tarjetas: una tiene una casita nevada y un espantoso muñeco de nieve completamente naif y bastante huachafo, sobre un fondo de dorados en alto relieve y letras pomposas que dicen con toda originalidad: «Feliz Navidad y próspero año nuevo». La otra es pretenciosamente abstracta y más bien parece una pesadilla de Kandinsky. Dice además: «A un hijo muy querido». Les di la vuelta y miré la etiquetita con el precio: creo que es suficiente con decir que hubiera podido tomarme un par de whiskys en el Búho con lo que apoquiné por ellas.

No las voy a enviar, por supuesto. Las he guardado en un cajoncito, como constancia del día en que fui víctima de un verdadero ataque consumista.

13 DE DICIEMBRE

Escribir en este cuadernito a veces me calma, me distrae de mí mismo, de esa apatía vital que me tiende celadas de vez en cuando y me aletarga. Otras veces sirve como calistenia, como ejercicio para saberme todavía en forma para el diálogo, diálogo que por otra parte no ejerzo con casi nadie. Otras veces escribir aquí es indagar amablemente por mí, por cómo me va en la vida (bien gracias, ¿y a usted?), y qué espero del futuro. Ahí es donde la cago porque me quedo frío, como ahora, y no tengo qué demonios responderme. Trabajo, leo, duermo, escucho música, hago esporádicas excursiones por los bares de la ciudad o me apertrecho bien de whisky y tabaco cuando no tengo ganas ni de asomar las narices en mis días libres y de vez en cuando coincido con Capote, momentos que son óbice para inaugurar una charlita edificante o agridulce, pero siempre lo suficientemente ágil como para constatarnos vivos. Al menos yo. Finito. Pero

¿realmente qué quiero de la vida? Respuesta que me deja los pelos de punta: nada, no quiero nada.

14 DE DICIEMBRE

Falso, falso, falso. No querer nada de la vida implica una mínima conciencia de la renuncia, aquello que convierte a esta en una meta, el alborozo zen que relampaguea repentinamente en nuestra conciencia como el hallazgo del Satori. La Renuncia (así, con mayúsculas) es una búsqueda que se inicia en los confines de la lógica y que, por lo tanto, la trasciende. Poner resueltamente un pie en el territorio de la no-lógica. Coagular el tiempo en un instante de contemplación eterna sin ni siquiera ser consciente de ello, eso, coño, es encontrar el verdadero camino de la renuncia. La petulancia de Occidente ha prostituido el término, lo ha despojado de su verdadero sentido al convertirlo en una especie de ejercicio artificioso de desdén por aquellas cosas que calificamos como mundanas, porque ¿quién no admite —aunque sea por no quedar como un frívolo— que llegado el caso es capaz de renunciar a las cosas mundanas? La verdadera renuncia es otra vaina, mucho más profunda, más propia de monjes budistas o similares. Pero yo no uso sandalias peripatéticas, ni vivo en los Himalayas (ni siquiera en los Andes, mira tú), ni tengo ganas de volverme un sabio ermitaño hirviente de piojos. Ayer, cuando salía de trabajar, me metí en La Isla y, paseando entre los anaqueles bien surtidos de la librería, descubrí la última novela de Mutis. Le eché una mirada que me bastó para saber que estaba bastante buena. Precio: 2.700 pesetas, IGIC incluido. Me fui de allí completamente desolado.

¿Cómo demonios creer que no quiero nada de la vida? Quería un libro cuyo precio significaba absolutamente todo mi capital. Al menos hasta dentro de unos días, cuando cobre. Y aun así, tendría que pensármelo dos veces.

17 DE DICIEMBRE

Ayer estuve en el Círculo de Bellas Artes porque Capote presentaba el libro de Jaime González, un poeta maldito local, si es que la malditez no queda minimizada por el localismo. En todo caso quedó minimizada por la concentración de pituquería chicharrera que se dio cita en tan señalada ocasión, como leí hoy en El Día. Llegué un poco tarde porque a última hora fui visitado por el encargado del recreativo, Manolo, el ángel justiciero. Suele hacer incursiones imprevistas, ya me lo habían advertido, para sorprendernos in fraganti respirando en horas de trabajo. Husmeó en cada cenicero, dio vueltas entre los clientes, revisó (absurdamente) una máquina que tenía colgado el cartelito «Fuera de servicio» y finalmente se dirigió a mí, que lo aguardaba paciente en la cabina. «Qué, ¿cómo van las cosas?». «Pues ya ve, poca gente hoy». Bufó clavándome los ojos como seguramente le ha visto hacer al dueño, pero yo estaba demasiado cansado como para fingir que me intimidaba. «¿Ya ve? Eso es lo malo, que ustedes no hacen nada para atraer a los clientes». Antes de que pudiera replicar mostró una mano tajante, apremiándome a que lo escuchara. «A los clientes hay que conversarles un poco, estar pendientes de ellos, y cuando vienen con cierta frecuencia invitarles un cafecito, decirles algo, no sé, coño, cualquier cosa, pero no estar ahí

metidos en la cabina, con aire de aburridos, de pollabobas».
Colegí que mi tara consistía en procurar no enloquecer entre marginales y ludópatas, pero lo único que hice fue enfatizar mi expresión de pollaboba, bajar la cabeza y recoger un poco para disponerme a salir a entretener a la concurrencia.
Señaló el libro que tenía sobre el mostrador. «Y además, usted lee», dijo con esa incongruencia subnormal que utilizan quienes nos insultan tratándonos de usted. «Leo, pero nunca en horas de trabajo», mentí con convicción. Creo que en realidad lo que le saca de quicio, lo que realmente le ofende es que yo lea. Una vez me lo encontré en el quiosco del parque García Sanabria: yo estaba entregado al vicio nefando y él paseaba con una gorda de expresión avinagrada y dos pequeños monstruitos a su lado. Al verme gruñó un saludo cuartelario y miró con desdén el libro que yo tenía entre las manos. Me parece incluso que piafó con decepción mientras se alejaba, con la gorda avinagrada y los dos monstruitos armando alboroto.

Volvió hacia las máquinas y después regresó hacia mí, como si hubiera estado sopesando algún castigo, alguna frase entre reglamentaria y sarcástica. «Ya sabe que leer en horas de trabajo significa el despido inmediato», ladró al fin. «Sí, como en *Fahrenheit 451*», le dije sin poder contenerme. Levantó su rostro cejijunto de bruto y bufó: «Pues ya ve, en toda empresa seria ocurre igual». Genial, pensé cuando al fin salí rumbo a la presentación del libro, eso es lo malo que tiene la vida: si se lo cuento a Capote va a decir que me lo he inventado.

Cuando llegué, ya la sala estaba llena de mujeres elegantes que se abanicaban con trípticos de arte y hombres bien trajeados que escuchaban atentos la disertación de un tipo que yo no conocía. Leí disimuladamente la tarjeta de invitación que me había dado Capote la otra noche. El que hablaba era Ulrico (por el nombre debía ser palmero) Bacallado, un poeta menos maldito que González pero también un pelín más soso. «Para hacer la presentación de este valiente transgresor de las formas y los fondos (sic) haría falta desandar el camino trazado por la literatura moderna y encontrar la violenta ebullición de esta en la poesía de Rimbaud, aquel indelicado subversivo de la experiencia poética». No se trataba, pues, de una simple transgresión de los elementos estéticos que conforman el poemario, no, señor, sino de la configuración de un mundo personal plagado de alusiones eróticas donde, sin embargo, encontramos la referencia constante al mar como inevitable condición insular, al archipiélago como ancla y al mismo tiempo como lastre. Más o menos. Capote, sentado a la izquierda de Bacallado, ensayó ese impaciente arrastrar de pies al que se entrega cuando algo le molesta. Bacallado continuó zumbando frases ripiosas, citas audaces, larguísimas disquisiciones que empezaron a impacientar al propio González, que tenía los ojos ígneos y el aire efervescente que proporciona el buen escocés al que con toda seguridad se había entregado antes de la presentación. De pronto sonaron los aplausos agradecidos, los murmullos aprobatorios, finalmente otra vez el silencio atento cuando Capote cogió sus cuartillas. Las miró un buen rato y luego las dejó a un lado. En realidad, como bien sabía Jaimito, dijo, a él la poesía le parecía, utilizando una frase del propio Cavafis, ingenio revestido de solemnidad, aquella cosita a la que se dedican, por lo general, los que no saben escribir otra cosa. Risas desconcertadas y el cortés estupor de González, que se volvió a mirarlo sin dejar de sonreír. En fin, que ya Ulrico había dicho todo lo que se podía decir sobre la poesía de este incómodo acusador que era el poeta presentado. (Expresión beatífica del aludido). Capote citó poco, explicó tres o cuatro asuntos interesantes del poemario y terminó diciendo que solo quería dejar en claro que había aceptado hacer la presentación por la amistad que le unía a Jaimito y porque en las páginas del libro que gustosamente había acabado de leer podía encontrarse eso que tanta falta le estaba haciendo a la poesía y a la literatura canaria en general: un par de cojones. Muchas gracias. González no cabía en sí de gozo, Bacallado se quedó como su propio nombre indica y el público aplaudió con ese júbilo ficticio del que se siente oscura y cortésmente insultado. Inmediatamente empezaron a circular diligentes mozos con bandejas de bebidas y todo se disolvió en el tenue murmullo de las charlas y los encuentros, el circular displicente entre corros de amigos y conocidos que se van formando poco a poco. Yo me quedé en un rincón bebiendo y leyendo algunas páginas del poemario que vendía una azafata de piernas preciosas. Verdaderamente delicado, González: «En la forma de tu coño me he encontrado / piedra, arrojo, mar, espera / tu sabor salino inunda mi boca / quiero llenarte con mi esperma». Capote se acercó a mí con un whisky en la mano, los ojos divertidos al sorprenderme con el libro. «Es un amigo de toda la vida», dijo encogiéndose de hombros, removiendo su vaso de whisky. Estaba apagado, con la barba un poco crecida y el semblante macilento. «Hoy estuve conversando con Pedro Treviño», me dijo de pronto. Antes de que pudiera preguntarle quién era, agregó: «Tartamudeó durante un cuarto de hora para decirme finalmente que no hay partida presupuestaria para la publicación de mi libro. Y lo peor es que sé que ha hecho todo lo posible».

Recién entonces caí: Pedro Treviño es un imbécil cuyo rasgo más simpático es creerse afrancesado. Pero tiene buenas conexiones, es presidente de una entidad cultural de aquí de la isla y dirige cuanta colección literaria se publica en Canarias con dinero oficial. Lo conocí hace un buen tiempo ya, en una fiesta que ofrecía un pintor isleño, muy amigo de Capote. Recuerdo que llegamos tarde porque antes de ir para allí estuvimos bebiendo más whisky del aconsejable en el Metro. Capote me presentó a un par de amigos suyos y luego fue arrastrado por otros, de manera que yo, después de intercambiar vagas generalidades con aquellos dos, me dediqué a dar vueltas aburridas por el jardín de la casa, mirando sin interés los corros de gente que reía y charlaba. Me senté a una mesita solitaria, cerca de la piscina que reflejaba el cielo limpio de la noche. A pocos metros de mí, un calvito cuarentón y con aspecto de oficinista contaba anécdotas estruendosas a un grupete que reía sus ocurrencias, ocurrencias que él aderezaba con palabrejas en francés y citas seguramente equívocas. Se balanceaba más de lo debido al hablar, probablemente a causa de la celeridad con la que bebía el cava que servían los diligentes mozos que circulaban, solícitos, entre los invitados. El hombre estaba completamente borracho y en sus frases demoradas empezó a crecer de pronto un encono envenenado y ciego, esa furia irredenta y oscura a la que son proclives tantos desgraciados con un par de copas encima, asunto bastante incómodo además, porque sus oyentes empezaron a marcharse discretamente y él retuvo del brazo a uno de ellos. «No sé por qué hay tantos que lo veneran si solo es un fracasado que vive de su nombre. Está acabado», le estaba diciendo a su interlocutor. Continuó hablando, la lengua estropajosa y el balanceo torpe del borracho, y yo tardé un poco en darme cuenta de que estaba hablando de Capote.

Y ahora, me preguntaba mientras veía cariacontecido a Capote, cómo demonios le digo lo que es su amigo Treviño. En fin, nos fuimos luego a tomar unas copas por ahí y hablamos muy poco del asunto. Para Capote, publicar esa novela en la que ha trabajado durante más de diez años significa lo que para un náufrago una milagrosa tabla aparecida de pronto en el oleaje de un mar furioso. Él tiene la suficiente elegancia de no admitirlo así y quitarle importancia al asunto, pero en sus silencios, en la forma en que apura un whisky tras otro, es fácil entender lo importante que le resulta publicar nuevamente. «Un libro más», ha dicho de pronto, como si le estuviera pidiendo permiso a la vida para apurar sus heces, ablandado por la noche y la soledad, por las copas en el Metro, donde yo solo soy una oreja, digamos, donde él vacía sus confidencias o, más bien, los largos *excursus* de sus confidencias.

20 DE DICIEMBRE

El pánico a los insomnios. A los insomnios arteros, esos que atacan después de un bendito par de horas navegando en el más profundo de los sueños. No se los recomiendo a nadie. Había llegado exhausto de trabajar, me preparé un pollo que quedó bastante pasable (por lo que no puedo resistir la sencilla vanidad de admitirlo) y mientras comía leí el periódico de cabo a rabo, preparándome para caer de inmediato en mi camastro y leer en esa plácida comodidad de sábanas tibias *El jardín de las dudas*. Atravesé aquel jardín durante unas cuantas páginas y el sueño me pulverizó casi de inmediato la atención de la novela. Pero al cabo de un par de horas desperté confusamente, lastrado aún por la pesadez de una de esas pesadillas malignas que se evaporan de nuestro recuerdo dejando apenas la sensación pastosa del miedo. No sé por qué, pero además del relente de temor que sentía, estaba enojado, molesto conmigo mismo.

Di más vueltas que un ventilador en la cama pero fue en vano, no podía recordar el sueño ni tampoco el origen de ese cabreo histórico que dirigía contra mí mismo. El sueño se había marchado, mas no así el cansancio. Cerraba los ojos y solo sentía el ardor de los párpados, el entumecimiento de los músculos, el sopor de la noche inmensa, latiendo como un corazón negro en medio de mi desvelo. Maldije un rato porque sé que eso a la larga resulta una buena catarsis (a mí al menos me funciona), pero esta vez no sirvió de nada. Resignado encendí la radio y sintonicé uno de esos programas musicales cuyo empalagoso sentido solo puede comprenderse en una noche de insomnio y navegué panza arriba en la densa oscuridad de mi confusión, escuchando fragmentos de música, el ronroneo medio arrecho de la locutora, los pedidos melodramáticos de los oyentes, pero solo conseguía sentirme más furioso conmigo mismo, cada vez más inconforme con mi inidentificable desasosiego. Sin saber en qué momento ya estaba vestido y calzado, y sin pensarlo más, salí a dar una vuelta.

De manera que allí estaba yo, a las cuatro y media de la mañana de un vulgar martes cualquiera, caminando como un sonámbulo por las calles desiertas de Santa Cruz. Mientras paseaba (?) me pregunté una y otra vez si aquella caminata descabellada y a contrapelo de la cordura era un castigo, una expiación o una búsqueda de alivio. Di algunas vueltas por las calles cercanas y luego me dirigí a paso firme por San Sebastián hacia la rambla, bello y solitario paseo que recorrí hasta el quiosco Numancia, donde exhausto recogí mis pasos, como se dice en los novelones del siglo pasado. Por fin decidí sentarme en el parque de las Cacas de los Perros, que queda a dos calles de casa. Madre mía, todos los perros del archipiélago deben ir ahí a defecar. Bueno, elegí una banca y me senté, ligeramente tocado por una tristeza delicadísima, aún sin descubrir qué demonios hacía allí un peruano desvelado. Al rato, cuando empezó el piar enfebrecido de los pájaros y el tráfico comenzaba a hacerse menos esporádico, regresé a casa. Apuntaba ya una claridad lechosa e indecisa en el cielo. Me tumbé en la cama y dormí a sobresaltos, cargado aún por esas horas irreales, fraudulentas, en que escapé de decirme cuatro verdades bien claras. Todo el día de hoy, en el recreativo, me he preguntado si realmente salí de casa a las cuatro y media de la mañana por culpa de un insomnio. Claro que sí, son las seis de la tarde y estoy borracho de sueño.

21 DE DICIEMBRE

Sería realmente estupendo: el nombre de Capote ya está entre los rumoreados para el Premio Canarias de Literatura, como reconocimiento a una trayectoria intelectual que ha dado algunas de las mejores páginas de la narrativa en las últimas décadas, etcétera, etcétera, según leí en el periódico hoy, mientras desayunaba en el bar (un barraquito de esos que son como una bomba y que no sé por qué carajo me empeño en pedir para acompañar el medio bocata de jamón). En fin: supongo que él ya debe estar al tanto y hasta cierto punto lo lamento, porque lo del periódico no es más que un rumor, esos sueltos casi perdidos a pie de página, donde se colocan noticias aparentemente inofensivas, murmuraciones con un mínimo de credibilidad, pero que nunca son confirmadas ni desmentidas: ¿quién lo podría hacer, si no son más que rumores? Pero tienen fuerza y pueden mover toda una corriente a favor o en contra, sobre todo en casos como este. Como tantos premios prestigiosos, el Canarias de Literatura parece altamente politizado y sus fallos son, inevitablemente, muy discutidos, sobre todo porque sacan lo peorcito que hay en cada uno de los nominados y su respectiva parroquia. Por eso también creo que a Capote le ha tocado jugar a ser simplemente el eterno candidato, alguien que tiene suficientes méritos como para que se le otorgue el premio, pero que resulta algo incómodo para la progresía isleña, demasiado relajada en sus modestos oropeles y subvenciones como para admitir a Capote, que es como un Miura herido, capaz de embestir con violencia de locomotora a quien se le ponga por delante.

Nunca he sabido bien qué ha ocurrido con él para que desde hace años orbite en la periferia de la intelectualidad isleña —o más bien archipielágica, como le gusta decir a él, abandonándose al abuso de las esdrújulas—, pero salvo cuando habla de dos o tres personas, entre furiosas bocanadas de humo, casi nada más merece su atención. Con el tiempo, Capote parece haberse convertido, casi a su pesar, en esa referencia de intelectual insobornable y arisco cuyo largo silencio narrativo ha contribuido a acentuar, y más aún porque son mayoritariamente los parias quienes lo reivindican, los inconformistas, los anarquistas de salón, los épicos de impostura, los escasos locoplayas que ven en Capote una especie de adalid de la libertad. Una vez, bebiéndonos un whisky en el Metro, Capote sonrió un poco desdeñosamente al reconocerse en ese tópico que algún periodista —probablemente joven e ingenuo— había glosado en unas páginas dominicales que me mostró como al descuido. «Fíjate, así es como me ven», dijo aplastando su cigarrillo en un cenicero desbordante. En su voz había una mezcla de estupor y hartazgo. «Y el único mérito mío en estos últimos años ha sido no escribir ni una línea, y no como el cabrón de Luis Alemany, que se mata la vida escribiendo y publicando y todo el mundo le achaca su escasa producción».

En fin, temo que Capote sea el candidato ideal: vocear sus posibilidades es una forma de cumplir con el trámite democrático de no arrinconarlo en ese exilio terrible que es la indiferencia. Pero nada más.

22 DE DICIEMBRE

Ayer por la tarde vinieron Elena y Enzo, qué sorpresota y además con un regalo: un árbol de verdad, un arbolito muy simpático que han traído desde Icod. Cómo es la costumbre, ¿no? Creo que los dos son las primeras personas que conocen mi casa. Yo me quedé un segundo con el pomo de la puerta en la mano, sonriendo como un cojudo. Ellos también sonreían y al parecer esperaban algo. Hasta que dentro de mí pareció empezar a parpadear una lucecita y a sonar el timbre de la urbanidad: «Pasen, pasen, por favor», les dije apartándome de la puerta algo torpemente, y ellos, que al parecer captaron mi confusión, entraron con ese aire contrito que adopta la gente cuando no sabe muy bien cómo manejarse en determinadas situaciones: Elena echó una mirada rápida a las paredes desnudas, al foco que pende de un cable, al sofá del saloncito casi vacío y más bien ocupado por algunas cajas sin desembalar. Lo hizo sin poder evitarlo, tratando desesperadamente de parecer natural. Enzo se asomó conchudamente a la ventana que da al patio interior y fisgó sin mucho interés mientras me iba diciendo que les había costado un triunfo encajar el árbol en la furgoneta que les prestó un amigo. Se acomodaron en el salón y cuando me metí en la cocina para sacar unas cervezas y buscar atolondradamente aceitunas o almendritas, hurgando en todos los botes donde sabía fehacientemente que no encontraría nada, apresurado y eléctrico, escuché la voz de ella, «no te molestes, solo vinimos un ratito a dejarte el árbol y a desearte feliz Navidad. Nos vamos unos días al sur, creo que pasaremos las fiestas allí». Destapé las cervezas y me acerqué con ellas en la mano: «Qué bien, me alegro mucho», dije con una sonrisa de hipopótamo, confusamente ensombrecido, quizá porque la primera visita que recibía anunciaba una partida. Elena estaba guapísima aun con esos harapos medio *hippies* que suele usar, y olía suavemente a jabón, a ese casi imperceptible aroma que desprende la piel joven. Parecía embargada por una alegría esencial que le achinaba los ojos al sonreír, cada vez que miraba a Enzo, buscando siempre su brazo para apoyarse en él, para acariciarle distraídamente una mano, como si la ausencia de su contacto la pudiera abatir. Bebimos las cervezas tibias, conversamos un rato, más bien llenando esos espacios vacíos que dejaba nuestra dificultad por encontrar un tema realmente interesante y por fin se marcharon. «De manera que se van a pasar las navidades al sur», pensé mientras recogía el pequeño caos de ceniceros y vasos sucios que habíamos dejado en el salón. Me metí en la cocina y lavé una y otra vez los vasos durante más tiempo de lo necesario, con un esmero neurótico que en realidad solo servía para distraerme de mis propios pensamientos, repitiendo una y otra vez «de manera que se van a pasar las navidades al sur», como si en el revés de la frase pudiera hallar, mirándola a contraluz, la respuesta a un acertijo, a un enigma vital del que dependiera mi vida. Será que ya es Navidad, será que estoy solo y no me voy al sur y me quedo leyendo en casa sin ganas de nada. Será que me estoy volviendo una menopáusica perdida.

23 DE DICIEMBRE

Las fiestas navideñas traen consigo dos bandos rabiosamente enfrentados. Uno, donde se ubican los que admiten que gozan con ellas y esgrimen el mismo banal argumento de siempre: la familia, la reconciliación, la amistad, el candor infantil ante la maravillosa sorpresa de los regalos. Pero estos apólogos del villancico y el Roscón de Reyes me gustan, porque, aun cuando sus argumentos hablen más de su propia puerilidad que de la Navidad en sí, son sinceros, evocativos, animosos y sucumben a una nostalgia decorosa. Son algo así como la reserva moral de la Nochebuena. Se plantan en la barra de un bar a discutir con los amigos y, cuando alguien se declara contrario a la Navidad, abren unos ojos inmensos y cándidos, glosan sus recuerdos más lejanos como si fueran una barricada contra la intemperancia de los otros y sus frases siempre tienen un dulce residuo de bondad. Cada vez son menos.

Los otros —aquellos que se atrincheran ferozmente en una suerte de desprecio por la fatuidad de las fiestas y por lo absurdo que significa alegrarse a fecha fija— no pueden evitar que se lea a contraluz de sus argumentos cierta escaramuza de aborrecimiento y rencor, un hambre ficticio de sentirse lobos solitarios o aguafiestas. Pero en el fondo no están intentando otra cosa que enviar un mensaje cifrado de angustia y soledad. Estos creen ser los nuevos *mister* Scrooge de la Navidad, y cruzan de un extremo a otro todo diciembre ensimismados, gruñones, escépticos, y cuando alguien les pregunta con quién van a pasar la Nochebuena contestan ariscos: «Solo, en mi casa, por supuesto, ya sabes que a mí estas fiestas...», esperando secretamente una invitación de último minuto, la llamada de ese amigo preocupado, o el cuñado amable que utiliza sus últimos argumentos con toda buena voluntad y desconcierto ante tanta cerrazón. Y todo para gozar con el lujo postrero de la negativa recalcitrante, con la certidumbre de saber que han encendido en los otros el dolor de su soledad. Y digo yo: ¿qué creen estos huevones? ¿Que al final se les va a aparecer el espíritu de la Navidad para redimirlos, como en el famoso cuento de Dickens? Que esperen sentados, porque cuando lleguen las doce y hayan engullido su mezquina cena, a lo sumo verán pasar bajo su ventana a un Papa Noel eructando la precoz borrachera de la noche o a una pandilla de golfos robando el tocacasete de un auto solitario. Me joden los provocadores de pacotilla.

Madrugada del 25 de diciembre
(¡ayer fue Nochebuena y hoy es Navidad!)

Bueno, aquí estoy yo y el arbolito que Elena y Enzo me trajeron de Icod. Todo un detalle. Al ver sus ramas escuálidas y ligeramente resecas, extendidas como los brazos de Shiva, me da la impresión de que está inmovilizado en una plegaria, ajeno por completo a mi contemplación algo boba. Allí está enroscado el juego de luces (*100 music light, with music device!*) que compré en una de esas tiendas Todo a 100. La musiquilla pretende ser un villancico y se acciona apretando un botoncito. Horrísona melodía de notas chillonas y repetitivas que detuve antes de que hiciera añicos mi espíritu navideño. Por la noche, terminando de preparar la cena, aburrido de mirar en la tele esos programas llenos de confeti y malos chistes, salí a dar una vuelta, pero las calles de Santa Cruz estaban mustias y se respiraba un viento como de huida precipitada, de preparativos caseros. No eran aún las diez y media. Subí animoso hacia la plaza Weyler. El quiosco estaba cerrado y las sillas montadas en hileras impecables, como repentinamente abandonadas. Pero no me amilané, no señor. Me encaminé hacia Méndez Núñez, aunque cada vez menos convencido de encontrar algún bar abierto y escuchando la estela algo fantasmal y precipitada que dejaban tras su paso los pocos autos que la recorrían. Desde una cabina llamé a Elena y Enzo para saludarlos, pero el contestador me explicó amablemente que se habían ido al sur para pasar las fiestas con unos amigos: yo pensé que se iban solo por año nuevo. En la esquina decidí aguardar un taxi imposible y a la media hora de esperar inútilmente, me resigné a caminar de regreso a casa, silbando entre dientes y mirando distraído las calles aletargadas, las esquinas impertérritas y solitarias. En el puente Galcerán me detuve porque un zapato se iba tragando mi calcetín desde hacía unas calles. Me lo acomodé con todo el desparpajo de saberme solo en medio de aquel puente tendido de un extremo a otro de la soledad, como un saurio agobiado de sopor. Entonces hice algo que ahora al recordarlo me avergüenza un poco y también me causa un poco de risa: sin premeditación alguna, con toda calma, levanté desafiante el zapato y lo mostré a la ciudad, como si fuera un trofeo o una venganza, embriagado por ese pequeñísimo arrebato de libertad que se me otorgaba en esta Navidad ajena, gozando con el espectáculo hermoso de las luces y la ciudad hibernada.

No sé cuánto duró aquel acceso de locura: allí estaba yo, feliz como una garza estrafalaria, un pie encogido y mi zapato alzado hacia el cielo espléndido y nocturno de Santa Cruz. Huí del lugar de los hechos precipitadamente, alcancé mi calle y subí de cuatro trancos las escaleras hasta alcanzar mi piso, el corazón todavía agitado por aquella rebeldía inofensiva y sin propósito. Descorché mi botella de cava, bebí unos sorbos y me serví la cena. (Pollo con nueces, algo quemado pero pasable). Ahora estoy aquí, escuchando mis casetes de jazz, escribiendo estas tonterías al lado del arbolito que sigue sumido en su meditación trascendental. Feliz Navidad, viejo, le he dicho antes de apagar las luces temprano, porque mañana trabajo en primer turno.

28 DE DICIEMBRE

Y me pregunto: ¿cómo será el sur de la isla? Tanto tiempo en Tenerife y nunca me he aventurado por ahí, pero por lo que me cuentan, por esas imágenes que de vez cuando se me ofrecen como guiños festivos en la tele o en las páginas de alguna revista, por esa cultura general que adquirimos sin darnos cuenta, parece que este es el único sur de algún sitio que no tiene que ver con la pobreza ecuménica de los otros sures: la India, Sudamérica, el Deep South... No, este en cambio es el territorio de los turistas, el sur de los *pubs* ingleses, los hoteles cinco estrellas y las playas invadidas por una muchedumbre sin más patria que el disfrute algo chillón y estruendoso ofrecido por los touroperadores de medio mundo. «Ya no muerde el sol mi piel de niño / yo que vengo al sur / y no me esperan...». No sé por qué diablos he estado todo el día zumbando alrededor de esos versos inútiles de mi adolescencia, vagamente ofuscado por no recordar de quién son, como si saberlo tuviera algo que ver con este vespertino ensimismamiento que me obliga a preguntarme una y otra vez ¿cómo será el sur?

I DE ENERO

El salón ha estado completamente desierto, abandonado como después de una hecatombe, y yo he aprovechado para leerme de un tirón *El aburrimiento*, de Moravia. No sé, imagino que la parcela de mi subconsciente que se encarga de seleccionarme las lecturas debe ser lo más guasón del mundo, porque de pronto escojo cada titulito... En fin, ayer por la noche al salir de la chamba a las once en punto, me he encontrado con la turbamulta delicuescente que apuraba los últimos minutos del año: la parranda callejera y el infaltable *smoking* no han servido para distraerme de saber que este invierno los sueldos se llevan cortos: mi jefe, el bucanero, se acercó ayer por la mañana para confirmar lo que temía, habrá ligeros recortes de emolumentos, algo que, esperaba, agregó con su voz tronante de borracho, sería solo temporal. Lo ha dicho con una solemnidad que de tan inapropiada me pareció burlona. Yo me encogí de hombros y dije «entiendo». ¿Se atragantará esta noche con algún hueso de pavo?, pensé. Quiera Dios. Bueno, ya veremos cómo me las arreglo. A las once en punto recogí y cerré el salón, que desde las nueve ha estado completamente vacío, apenas unos chicos apostados en la máquina de fútbol, riendo estruendosamente, más alborotados por la fiesta de la noche que por el propio juego, y que se han marchado intempestivamente, a las carreras, perseguidos por sus propios gritos de euforia.

Una inmensa riada de jóvenes y no tan jóvenes había tomado como por asalto las calles luminosas de Santa Cruz, congestionadas por un tráfico cataclísmico, como si la ciudad entera hubiera decidido abandonarse a las prisas y a una confusión por llegar, ebria y dichosa, a este año de estreno y cuyo asfalto caminé intentando yo también contagiarme de tanta algarabía. En el restaurante vietnamita cercano al recreativo, donde me tocó el último turno del año, flotaba un olor casi sólido a grasa refrita y cebolla, pero tampoco había muchos sitios baratos abiertos y cuando uno sale reventado de trabajar no se anda con muchos remilgos, de manera que me metí allí antes de partir rumbo a casita.

Bebí a grandes sorbos mi whisky, alcanzado ya por algo del chisporroteante alborozo colectivo que crecía en la ciudad, mirando de reojo a los dos tipos que bebían sus copas en el otro extremo de la barra, reconcentrados y taciturnos como yo. Uno de ellos, el que estaba más alejado, tenía un bigotito anacrónico y el ceño fruncido como por la costumbre de mirar la vida con desconfianza o desencanto. El otro, más joven, pero también menos sobrio, parecía presa de ese turbio abandono del hombre elemental que crece en los extramuros urbanos. Tenía las manos anchas y encallecidas del trabajador manual, y bebía largos tragos de su vaso de whisky mientras fumaba un puro tosco y oloroso. Fumaba y bebía tan metódicamente que por un momento pensé si acaso estaba intentado uno de esos suicidios discretos que nos toman toda la vida. Al fondo crepitaba la freidora llenando de humo el localcito, un cruce entre Chinatown y bar de mala muerte. Solo faltaba Bruce Lee repartiendo eficaces patadas voladoras para que todo se convirtiera de pronto en la pesadilla luctuosa y oriental en que amagaba convertirse mi año nuevo. Tuve ganas de reírme mientras le pedía otro whisky al vietnamita displicente y de camiseta percudida que atendía el bar. No sé por qué imaginé que aquellos dos tipos y yo éramos los únicos fulanos de la ciudad que no sucumbíamos a los hechizos de la fiesta. Pero sucumbir no era el verbo adecuado, me dije oscurecido, porque ello supone un mínimo de resistencia, de voluntad frente a la seducción. Y ninguno de los tres, razoné a la llegada de mi segunda copa, parecíamos haber hecho nada por evitar ese torrente poderoso y borboteante de la ciudad que latía tumultuosa a aquellas horas. Antes bien, éramos como los apestados de la alegría, unos anónimos solitarios a quienes de pronto se les escapa de las manos el sentido de la soledad elegida. Escuchamos impertérritos el reventar de los cohetes y el tañir elocuente de las campanas bebiendo sin pronunciar palabra, tácitamente hermanados por el alcohol que el oriental de la camiseta percudida servía en nuestros vasos. Me bebí otro whisky y otro más. Luego de pagar, pensé confusamente que Elena y Enzo habrían terminado de comerse las proverbiales uvas, y estarían ahora bailando como locos en alguna pachanga apoteósica, como casi todo el mundo, una especie de eufórico manicomio a la deriva. Sin ganas de más me dirigía a casa, agradecido en el fondo porque mañana (es decir, hoy) me toca día libre. No debe ser de buen augurio empezar el año con reducción salarial y no obstante mi inquebrantable optimismo me lleva a pensar que este año será decisivo. Ahora solo me falta averiguar para qué.

7 DE ENERO

Enzo y Elena han llegado por fin del sur. El uruguayo ha pasado por la chamba hoy, poco antes de que yo saliera. No sé cómo demonios sabía que me iba a encontrar precisamente aquí, si ni yo mismo sé muchas veces dónde me toca turno, pero apareció de manera tan natural que se me olvidó preguntarle. Seguramente porque este recreativo está muy cerca de mi casa, no sé. Se ha quedado un momento charlando, mirándome algo burlonamente mientras yo daba cambio a los pocos clientes que había en el salón, como si le costara trabajo identificarme con la camisita color salmón y medio maricona del trabajo, o tal vez sorprendido de mi eficacia de contable para hacer el arqueo de caja. «Mira que te manejas, ¿eh, loquito?», me ha dicho con una voz falsamente admirativa y hemos salido al cabo de un momento, cuando llegó Romen, el chico del otro turno. «¿Y entonces? ¿Qué tal el fin de año?», le dije cuando entramos al bar de ahí al lado del salón y pedimos un par de cervezas. Enzo le ha dado un sorbo remolón a su Dorada y se ha encogido de hombros, como si no le interesara hablar del tema. «Bien, bien, ya sabes cómo son estas fiestas», dijo mirando hacia la calle. Conversar con Enzo resulta muchas veces como deslizarse entre pasadizos que no conducen a ningún sitio, apenas aferrándonos a algunas frases que sostienen débilmente el armazón de la charla. Salvo cuando hablamos de jazz o de fútbol parece animarse a ser más locuaz que de costumbre, pero en cuanto eso no ocurre yo me quedo con la sensación de que estoy frente a un hombre bidimensional, un tipo al que le falta un plano más para desembarazarse de esa categoría abstracta en que parece tan cómodamente situado. Y yo normalmente, manso que soy, me sitúo en las mismas coordenadas, entro al palique sobre jazz o fútbol porque además a mí también me gusta encarar con valentía y holgura esos grandes problemas existenciales. Pero ocurre que en ese momento no me daba la reverenda gana de hablar de jazz o de fútbol, de manera que insistí, algo agresivamente: «¿Pero se lo pasaron bien o no?». Enzo dejó su cerveza despacio sobre la barra y vi cómo emergían unas cejas rubias y sorprendidas de detrás de las gafas. «Sí, hombre, te digo que lo pasamos bien, bailamos, bebimos, tragamos doce uvas a las doce en punto, fuimos a la playa y todo eso. ¿Nunca has estado en una fiesta de año nuevo?». «En el sur, no», dije bebiendo mi cerveza. «Te juro que es lo mismo que en Carrasco o en tu Ancón de las pelotas, flaco. Una fiesta y punto, lo pasamos todo lo bien que se puede pasar en parrandas así. Por cierto, el sábado tengo tocata en el Búho. ¿Te vienes?». Hice mis cuentas de turnos y dije que sí, pero para el último pase porque salgo de la chamba a las doce.

«Como la Cenicienta», ha dicho Enzo y ha soltado una risita burlona, pero casi de inmediato se ha vuelto hacia mí arqueando sus cejas y me ha dicho: «¿Por qué no te buscas otro laburo, loco? La otra tarde Elena me estaba diciendo lo mismo: el flaco debería buscarse un trabajo mejor, más acorde con lo suyo». Yo casi me atraganto con el último sorbo de cerveza, porque ¿qué es lo mío? ¿Qué cree la pobre Elena que es lo mío? No se lo he preguntado a Enzo porque sería caer otra vez en esas charlas salpicadas de pleonasmos y frases fin-de-ruta con que el uruguayo me va arrinconando en el equívoco y la apatía. Pagamos las cervezas y quedamos en vernos el sábado en el Búho, en tomarnos unas copas por ahí después de la tocata. Yo me fui a comer al bar cercano a casa porque de golpe y porrazo me quedé sin ganas de irme un rato a la playa como tenía previsto, a leer y a zamparme unos camarones rociados con vinito blanco. Además, el día, que estuvo despejado y luminoso toda la mañana, se ha vuelto a enturbiar de esa llovizna tristísima que parece estremecer de desaliento los árboles de la rambla.

Todo lo que quedaba de la tarde se ha vuelto de pronto gris y yo me he quedado preguntándome qué es lo mío, qué es lo que cree la pobre Elena que es lo mío. Pero, claro, ella no es la pobre.

11 DE ENERO

Después de tanto, tantísimo tiempo, he vuelto a soñar con Carolina. Lo sé no porque su imagen caliginosa se haya quedado engarfiada a mi brusco despertar, como habitualmente ocurre con los sueños tristes, que se van disipando paulatinamente igual que una niebla matutina y con los que es menester emplearse a fondo para desembarazarlos del día que empieza, de la realidad y el café con leche, donde parecen aferrarse un buen rato, convertidos ya en melancolía. No; lo sé porque desperté tardísimo y con los ojos húmedos, todavía con un pie hollando esa zona llena de claves cifradas y disparates encomiables que delimitan el territorio de los sueños. Recién cuando llegué al salón —a las carreras, porque iba con cinco minutos de retraso— caí en cuenta de que en la noche había sido visitado por Carolina. Es más difícil estrangular un recuerdo que un sueño, y lo de anoche, aunque en los lindes de lo segundo, estaba más cerca de lo primero. Todo el día he chapoteado como un náufrago al garete, incapaz de concentrarme al cien por cien en lo que hacía, enmarañado en un malestar ingrávido de imágenes pretéritas, queridas.

No estoy seguro de que lo que escribo ahora pertenezca también al sueño, pero sí sé que ocurrió en la realidad, pero en esa realidad tan absolutamente lejana que observo ahora con un estólido desapego, consciente de que es la mejor —si no la única— forma de levantar ladrillo a ladrillo nuestras defensas para protegernos del pasado. Hubo un tiempo en que quise a Carolina. Las palabras en estos casos, claro, solo son una tosca emulación, la constancia de su pobreza para significar más que los escasos puntos de fricción entre el sentimiento experimentado y su pretendido inventario verbal. Pero yo sé a qué me estoy refiriendo cuando digo hubo un tiempo en que quise a Carolina, sin la preocupación añadida de tener que explicárselo a nadie, como les ocurre a esos enamorados que se desesperan por la imposibilidad de transferir correctamente su dolor a quien los escucha. Si cierro los ojos para recordarla, de inmediato tengo una imagen nítida de ella. Nítida al menos en cuanto a lo que mi memoria le interesa conservar —sabe Dios por qué—, como si actuara por cuenta propia buscando sus particulares acueductos de desfogue, alumbrando aquí y dejando sombras allá. La imagen que guarda mi memoria de Carolina me la devuelve en un parque de La Laguna, una noche de invierno y viento en que caminábamos por el simple placer de hacerlo; ni siquiera íbamos abrazados o tomados de la mano, como tantas otras veces, tácitamente de acuerdo con que bastaba ese mínimo gesto de acercamiento iniciado por cualquiera para disfrutar del calor del otro. En esa sutil reserva de la necesidad corporal habíamos hallado aquella noche otra dimensión de la compañía, algo que se agregaba al saludable y confiado silencio de sabernos juntos, al alcance de la voz y las caricias. Yo me había alejado un momento para darle fuego a un chico que pasaba por allí y al volverme hacia ella un farol me la ofreció a contraluz, con una expresión laxa de tranquilo abandono y de paz, las manos jugueteando con una hojita seca que el viento había llevado hasta ella. En ese momento no supe por qué me dio tanta ternura y tanta urgencia por seguir amándola para siempre, conmovido absurdamente por ese delicadísimo roce que adivinaba en sus manos recorriendo las nervaduras de la hoja. Pero ahora, desde este ángulo de la realidad en que Carolina ya no está más junto a mí, sé —o creo saber— por qué: la supe ajena a esa remotísima certidumbre de advertirnos siempre de paso en la vida de los demás, la adiviné vulnerable y al mismo tiempo me entendí transitando esa misma vulnerabilidad. El amor es el sentimiento más proclive al desengaño porque se funda en la absurda confianza de que solo puede seguir creciendo. Y además es imposible que sea de otra manera, puesto que tiene ese mínimo y arbitrario componente de irracionalidad, de instinto, de absoluto desinterés por la lógica. No quiero decir con esto que el amor sea solo eso. Simplemente que no puede existir sin aquellos cortocircuitos que nada tienen que ver con lo que la razón dicta. En aquel momento, en aquel parque nocturno y húmedo de La Laguna yo solo sentí, desde lo más profundo de mi alma (o de mi subconsciente, qué diablos), que la quería. Y eso bastaba para que todo el universo estuviera en su sitio. Ahora que cierro los ojos y el recuerdo me dibuja con precisión sus facciones delicadas, sus ojos amables y reposados, su forma peculiar de llevarse una mano a los cabellos o acomodarme el cuello de la camisa, solo me queda una invencible sensación de agua pasada.

13 DE ENERO

El Búho me gusta sobre todo a las primeras horas de la noche, cuando Alfredo, Mónica o Soto —rara vez los tres juntos, siempre llegan en escala— se afanan en arreglar las mesas y colocar cajas y botellas, sumidos en esa laboriosidad que tiene un rigor vagamente militar, con algún tema de Ray Charles o John Lee Hooker sonando discretamente en el equipo. Es raro que haya alguien a esas horas, el *pub* se encuentra desierto y la música suena más limpia, como si la gente que va llegando a medida que avanza la noche enfangara el prestigio de esos viejos temas, desmontando lentamente el artificio del pasado para instalarse de manera definitiva en el presente de la noche universitaria. Por eso rara vez voy a las tocatas: hay demasiada gente. Ayer sábado, sin embargo, he asistido temprano porque me cambiaron de turno y tuve la tarde libre. Y además porque tocaba el uruguayo y me gusta esa forma suya de instalarse frente a su teclado, ajeno por completo al murmullo del público, o más bien como si esa minuciosa atención que pone en revisar el instrumento, de mirarlo y mimarlo mientras los demás músicos beben sus copas ruidosamente fuera una especie de liturgia que nos excluye a nosotros que esperamos el inicio de la sesión. «¿Qué hay, loquito?», se acercó a mi mesa distraídamente, mirando hacia la entrada del local. El *pub* ya estaba lleno y una nube densa flotaba sobre nuestras cabezas. Sobre el ruido de las conversaciones y el estrépito de los vasos se alzaba la música. «¿No has visto a Elena? La flaca quedó en venir temprano», me dijo sentándose frente a mí. «No, no la he visto», le dije. Nunca he podido acostumbrarme a esa rara intención de desencuentro con el que parecen citarse ese par. «¿No salieron juntos?». «No, qué va, ella iba a lo de la madre y luego se pasaba por aquí. Ta, supongo que estará al caer», dijo Enzo y me palmeó el hombro antes de dirigirse un momento a la barra donde Suso Marrero y los otros se entregaban ya al estruendo de los chistes sicalípticos de Soto, entre vasos espumantes de cerveza. Luego fue a sentarse frente al teclado con esa actitud tan suya de monaguillo u oficiante de culto apócrifo y ensayó unos acordes livianos. Al cabo de un momento se acercaron los otros músicos y el ruido de voces se fue diluyendo hasta convertirse en un murmullo quebrado apenas por el rumor de los vasos y las copas que servían Mónica y Soto serpenteando entre las mesas. Charlie González —se llama

Carlos, pero el jazz es toda una influencia, ya se sabe— atacó su saxo después de una mirada rápida a los demás y de golpe empezó a sonar algo muy Methany, lleno de vértigo y bruscos cambios de dirección, con el saxo como un perro buscando morderse la cola, esos fraseos violentos que no se resuelven, como un acceso de fiebre repentina o una pincelada de pánico en el acompañamiento desbocado de los demás instrumentos, en fin, alguna vez Chicho Iriarte me dijo en Lima que el jazz, viejo, murió en 1953. Como estaba borracho nunca me explicó el porqué de tanta precisión cronológica para su sentencia, pero cada vez que escucho temas así, me viene a la cabeza la frase del gordo. Qué será de él. Luego de la obertura, el mismo Charlie González dijo el título de la pieza e hizo una breve referencia a su composición. Yo pedí otro *bourbon* con hielo y miré a Enzo que parecía el único que no se enteraba de las frases y las bromas fáciles de González: alguna vez me confesó con aire culpable que tocaba con ellos porque era una manera honesta de ganarse la vida y seguir vinculado al jazz, pero que estaba hasta las pelotas de temas improvisados en los que brillaba más la ramplonería infamante de algunos —yo siempre sospeché de una mala relación con González— y que bueno, aquello era una manera como cualquier otra de morir en el intento. «¿Hace mucho que empezaron?». Me volví: era Elena, en cuclillas junto a mí, mordiéndose una uña con esmero de colegiala. Me acerqué a su oído para decirle que no, que acababan de empezar con una cojudez de título largo y en inglés. Soltó una risa bajita sin mirarme, tratando de capturar la atención de Enzo. Olía muy tenuemente a eso que huele ella: a pan, a burbujas de champú. «¿Quieres sentarte?», le dije cogiendo mi copa, pero ella me agarró del brazo, no, no, más bien, ¿por qué no nos íbamos a la barra? Sin asomo alguno de culpa acepté de inmediato. Zigzagueamos entre el público y alcanzamos la barra. «Enzo está mosqueadísimo con Charlie. Parece que no quiso incluir un tema suyo y recién ayer se lo dijo», bufó Elena. Soto se acercó falsamente reverencial y le preguntó, con los ojos brillantes de codicia y esa voz impostada que ya es su voz: «¿Qué va a tomar mi señora?». Supongo que ese halago teatral y tronante con que invoca a Elena es su forma peculiar de demostrarle cariño o cortejarla. A mí siempre se dirige en tercera persona y me llama este peruano cabrón y también creo que es su forma de demostrar ese tosco afecto de cabo chusquero que reserva para algunos. Elena pidió una tónica y siguió contándome: Enzo había dicho que quería que se incluyera un tema suyo en la tocata y, cuando lo interpretó durante los ensayos, a Charlie le pareció mundial, *super*, *really great*, *magnifique*, y todas esas chorradas que dan más cuenta de su cojudez que de su cosmopolitismo, pero ayer por la noche lo llamó para decirle que no iba a poder ser, que venía de Venezuela Bruno Cáceres y que, como comprendería, nada, no iba a poder ser. Claro, porque quién no sabe que Bruno Cáceres ha tocado con Ed Morton y Charlie se muere por ir con él a Boston. Yo noté que mientras Elena me iba contando todo esto, a medida que tomaba sorbitos de tónica, se iba poniendo pálida, cuestión que atribuí a ese enfado de ósmosis que es tan propio en algunas parejas, pero de golpe se detuvo —yo casi no prestaba atención ya a sus palabras sino a su color, un verde que no consiguen ni los marcianos de *Expediente X*— y buscó a empujones la puerta del *pub*. Me quedé un momento desconcertado, y luego, abriéndome paso a codazo limpio entre la gente, alcancé la calle. El aire helado me golpeó el rostro. Apoyada en la pared estaba Elena, respirando con violencia, como un deportista después de un gran esfuerzo. Tuve que sujetarla porque me pareció a punto de desmadejarse. «¿Qué te ocurre?». «Nada, nada», dijo ella con una voz de estropajo. Se fue dejando resbalar contra la pared y quedó sentada allí, con la cabeza escondida entre los brazos. «Me he mareado un poco, nada más, ya se me pasa». Me senté a su lado sin saber qué hacer. «¿Te traigo la tónica?». Ella negó débilmente con la cabeza y siguió así un buen rato, conmigo sentado a su vera, como un médico fraudulento y discreto que de vez en cuando le formulaba preguntas absurdas que ella contestaba con ligeros movimientos de cabeza. «¿Has estado bebiendo antes de venir?». Negación de Elena y pausa por mi parte. «¿Algo que has comido y te cayó mal?». Otra vez movimiento negativo y otra pausa. «¿Entonces algo que no has comido y te cayó bien?», broma tonta celebrada con resoplidos por parte de Elena. Pasaron así unos minutos eternos. Al cabo levantó su rostro, todavía maltratado por el vértigo e intentó una sonrisa. «Vamos, vamos», dijo apoyándose en mi brazo para incorporarse. Y entramos al *pub* como quien vuelve al campo de batalla. Acababa de terminar el primer pase y desde el bullicio del fondo del local emergió Enzo, lento y grandote. Elena se acercó a él dándole un beso y se volvió a mirarme significativamente. Entendido, ni una palabra de lo ocurrido. Yo me quedé un momento más con ellos, que bebían la ronda de tragos dispuesta por Soto. Enzo estaba un poco aparte del grupo, reconcentrado en su whisky y sonriendo con esfuerzo cuando Suso, Larkin o cualquiera de los otros le dirigían la palabra. Dos veces me preguntó: «¿Y entonces, flaco?», como si estuviera a punto de iniciar una charla conmigo, pero sus ojos no dejaban de seguir a Charlie, que con grandes aspavientos le hablaba a Bruno Cáceres, que llevaba una gorrita tejida en la cabeza, algo a medio camino entre lo musulmán y lo maricón, y que bebía su vodka aburrido. Elena conversaba animadamente con un par de chicas y de vez en cuando se volvía para mirar a Enzo, como si temiera que el uruguayo fuera a hacer o decir alguna pavada. Había un ambiente impregnado de estática muy poco saludable y luego, al empezar el segundo pase, me fui discretamente del local porque al día siguiente entraba temprano a la chamba. Antes de salir al fresco de la noche vi que Elena agitaba una mano efusiva y me sonreía.

17 DE ENERO

Uno no llega a comprender bien lo que es la soledad hasta que se encuentra con ella cara a cara. Me estoy refiriendo a esa soledad que es el último torreón arrebatado a nuestra cordura, el peldaño final que conduce al exilio de nosotros mismos, vaya, la temida soledad de la que tanto nos advierten psicoterapeutas y revistas de divulgación. Ya hace tiempo que veo al viejo profesor solo, sin alumnos, frente a una cerveza en la terraza del bar, como si la costumbre fuera más fuerte que la realidad donde esta se afirma, y por más que le doy vueltas al asunto no me imagino qué es lo que ha motivado esta deserción en masa de sus alumnos. Quizá solo se trate de la época del año, que hay vacaciones, una epidemia de estupidez, no lo sé, pero verlo así, mustio frente una caña eterna, me mortifica de manera incomprensible. A veces paso rápido hacia el trabajo y lo veo allí, frente a su cerveza, en esa actitud discreta de espera que la ausencia de alumnos no ha podido borrar del todo en su perfil afilado y algo tenso. Otras veces, ganado yo también por la costumbre, me siento a la barra y en dos o tres ocasiones han coincidido nuestras miradas: el viejo me hace un imperceptible saludo con su cabeza de pelos albos y ralos, y yo le correspondo con la misma gravedad. Entonces, como si por el mero hecho de ser testigo de su suerte yo me hubiera hecho acreedor a una modesta participación en la misma, me quedo algo cabizbajo y tristón mientras bebo mi cerveza. He pensado en no acudir más al bar, cerrarle las puertas a ese viento de infortunio que sopla desde su mesa, pero de inmediato me aletea en el pecho una rauda sensación de deslealtad. Yo voy, me planto frente a la barra, devuelvo con solemnidad su tenue saludo, y siento qué sé yo, que estoy allí, acompañando.

19 DE ENERO

Carta de Arturo: A medida que iba avanzando por las líneas de esta carta inusual me he dado cuenta del solapado empeño erosivo que pone el tiempo en las relaciones de las personas. Aparte de las amables generalidades invocadas sobre mi salud, mi estancia en la isla y la familia que he dejado en Perú, mi viejo amigo apenas hace mención a lo ocurrido con sus padres, a todos estos años que son como un *blackout* inmenso en nuestra relación. El asunto podría entenderse simplemente porque hace tanto tiempo ya de esto que ha quedado atrás definitivamente, sepultado por las necesidades perentorias de organizar nuevamente su vida. Bueno, en la medida en que algo como lo sucedido a los padres de mi amigo puede quedar atrás. Pero no sé, siento —estoy seguro, lo conozco, o lo conocía, más bien, hemos sido patas del alma toda la vida, desde que jugábamos a la pelota en las calles de San Isidro, luego en el colegio y después en los pocos cursos en los que coincidimos en la universidad—, estoy seguro, digo, de que Arturo ha decidido deliberadamente omitir cualquier referencia a la mañana en que el destino se le torció como una veleta golpeada por un viento maligno, como si mientras escribía estas líneas cariñosas y al mismo tiempo superficiales que he recibido hubiera estado sorteando los terribles Escila y Caribdis por donde debe haber transitado desde entonces, incapaz siquiera de señalarlo en su hoja de ruta. Y así, ha cortado también la posibilidad de que yo le hable del asunto, es decir, de que me lancé por el único camino posible para retomar nuestra amistad donde se quedó, abruptamente interrumpida por lo ocurrido.

Mientras me tomaba un café antes de entrar a la chamba, he estado pensando en ello, con un mínimo malestar revoloteándome en la boca del estómago, escindido entre la alegría de saber que está bien —acaba de encontrar un trabajo infinitamente mejor que el del supermercado, en una agencia de publicidad o algo así— y la contrariedad de no poder contestarle con franqueza, entregado yo también a la artificiosa despreocupación que hay en su carta. Dice además que quiere tomarse unas vacaciones antes de empezar con su nuevo trabajo, que ha ahorrado unos *pounds*, que se va a Sevilla con unos amigos y que le provoca tomarse una copa conmigo para charlar de los viejos tiempos y que a ver si se puede escapar a las Islas. ¿Cómo serán los viejos tiempos que recuerda Arturo? ¿Qué clase de pavorosos ejercicios retóricos tiene que hacer para omitir en su amable inventario del pasado la muerte de sus padres?

De pronto me he quedado pensando que me escribe por una cuestión de fidelidad al amigo que fui y que ya no soy, alguien con quien delicadamente ha decidido cortar por lo sano, confinándome a esa categoría de conocidos orbitales con quien se puede tomar una cerveza y comentar fútbol y acaso recuerdos de infancia, pero nada más.

21 DE ENERO (NOCHE)

Fuimos con Capote al Ateneo de La Laguna, a la presentación de *El rastro de la memoria* porque venía el propio Justo Martín, y como Capote es amigo suyo, le pedí que me lo presentara. El libro lo leí hace poco y me pareció estupendo y al mismo tiempo estremecedor. Es muy autobiográfico y pese a ello resulta razonablemente objetivo para un hombre que se mantuvo tan radicalmente en contra de la dictadura franquista. Además, no tiene ese sabor excesivamente localista que pesa en la literatura canaria, quizá por sus muchos años viviendo en el exilio, digo yo. No había leído nada suyo hasta ahora, si exceptuamos sus artículos en *El País*, siempre inteligentes y frescos.

De manera que allí estábamos, en un Ateneo completamente abarrotado, dando vueltas con un whisky en la mano, esperando que se disolviera el gentío que rodeaba al escritor en busca de su firma. Martín ha visto a mi amigo y ha levantado una mano amable, que lo esperara un momento. Parece un hombre mucho mayor de lo que en realidad es, con una calva incipiente y unas gafas anticuadas desde donde miran con timidez sus ojos verdosos y miopes. Me pareció perdido en medio de la multitud obsequiosa y chillona que lo rodeaba, atendiendo con corrección a lo que le decían, pero en el fondo seguramente hastiado, porque de vez en cuando levantaba la manga de su saquito gris de lana y miraba la hora disimuladamente. Por fin pudo escabullirse, aprovechando esos confusos tránsitos que se producen de un grupo a otro y se acercó a nosotros con una sonrisa de complicidad. «Tanto tiempo, José María», le dijo a Capote dándole unas palmadas afectuosas en el hombro.

Martín es de ese tipo de hombres insobornables al sortilegio de la fama, encallados en una perplejidad perpetua respecto a la atención que suscitan, escuchando las amabilidades que le dirigen con un punto de suspicacia que debe ser también la defensa más radical ante la fatuidad que les acecha. Parecía sinceramente contento de hablar con Capote. «Estoy muerto de sed», dijo de pronto con su voz pedregosa luego de intercambiar algunas generalidades con José María y nos ha llevado del brazo hasta donde servían las copas. Con unos whiskys en la mano hemos sido presentados y, al saber que yo era peruano, la conversación se centró momentáneamente en el gobierno de Fujimori. Me dio la impresión de ser un tipo bien informado sobre el tema y el análisis que hizo acerca de lo que podría ocurrir en mi país en los próximos años no dejaba de ser razonable. «Usted debe de ser uno de los pocos peruanos que no está de acuerdo con su presidente», me ha dicho con socarronería y Capote ha soltado la carcajada. «Si no el único», dijo guiñándome un ojo con una jovialidad desusada en él. Mientras los escuchaba hablar de sus cosas, poniéndose algo atropelladamente al día respecto a sus vidas, me ha parecido notar que discurría un contento reposado entre ambos hombres, un sigiloso arroyuelo de camaradería reencontrada. Creo que nunca había visto a Capote hablando así, como si su natural agudeza hubiera perdido ese matiz de causticidad que le es habitual.

Estuvimos charlando todavía un buen rato, y cuando la gente empezó a ralear se unieron a nosotros un señor de elegante y sosegada amabilidad, que resultó ser el presidente del Ateneo, y Juanpe Concepción, que es escritor y profesor de la Universidad de La Laguna. Con ellos venían dos tipos más que yo no conocía, uno flaco y joven, nerviosísimo, y el otro un poco más alto y algo mayor, con una barba abundante y voz estentórea, que al hablar cogía del brazo a Martín y a Capote con una familiaridad ruda de granadero. El flaco estrujaba una carpeta azul de bordes ajados y pese al esfuerzo que ponía por parecer natural, se veía que no estaba realmente atento a lo que se decía, algo sobre Juancho Armas Marcelo y un libro suyo que estaba por aparecer. Joder, suda como si estuviera a punto de asaltar el Orient Express, recuerdo que pensé, y en realidad tenía motivos: cuando por fin el grupo —se nos unieron tres más, al final— decidió partir hacia el bar del hotel Nivaria, el tipo se colocó al lado de Martín como cerrándole el paso y balbuceó algo, mientras le entregaba la carpeta de bordes ajados. Martín sonrió embarazado, claro que la leería, pero no podía prometer nada, con los editores no valía la amistad sino la calidad de las novelas presentadas. No importaba, por supuesto, bastaba con una opinión sincera, que era lo que él quería, respondió el otro ahogándose en un mar de confusión, pasándose un pañuelo por la frente y sacudiendo la mano de Martín con energía. Cuando lo vimos alejarse, solitario y esquivo, el barbudo de la voz estentórea soltó un comentario ácido y lapidario que hizo lanzar la carcajada a todos, aunque no obtuvo mucho eco en Martín ni en Capote. Luego hemos caminado hacia el hotel, presididos por la voz dramática y potente del tipo de la barba que contaba anécdotas y provocaba la risa de los demás. En una esquina me he despedido pretextando la hora, aunque en realidad solo quería irme a dar una vuelta por ahí, porque la noche estaba linda para pasear un rato y además como que no pintaba nada con todos ellos. Caminé un rato disfrutando del fresquillo lagunero, recordando ligeramente otros tiempos —más amables y por ende ahora más tristes—, convencido de que me haría bien pasear y despejarme un poco y, sin embargo, me metí en el primer bar que encontré abierto. Soy un hombre sin muchos recursos frente a mis apetencias, qué le vamos a hacer.

23 DE ENERO

Y luego me planteo: ¿pero no quedamos en que este cuadernito era para mí?, ¿no era para escribir sobre las cosas que me ocurren a mí? Pero parece que la vida de los otros es lo más emocionante que me ocurre a mí. Hoy por la tarde y nada más salir del salón, me meto en La Isla para husmear un poco, dispuesto a comprar un libro y disfrutar en el parque con este regalo inesperado que es el solcito tibio al salir de la chamba, y me encuentro con Elena. Hombre, qué sorpresa. Sí, qué sorpresa. Cogió un libro y me lo puso casi frente a las narices, ¿ya había leído *La pasión turca*? A ella le había encantado, qué manera de escribir la de ese hombre, dijo mientras dejaba el libro de Gala y cogía otro que le hizo chispear los ojos, ah, pero este debía ser una maravilla, lástima que sea tan caro, se compungió dándole la vuelta, los libros últimamente estaban por las nubes, así no había quién pudiera leer ni nada. Con Enzo solían ir al Rastro a comprar libros y cosas, porque siempre encontraban gangas estupendas. Enzo sobre todo buscaba casetes y viejos discos de jazz, ya se sabía cómo era con su tema, un obseso, pero eso estaba bien, creía ella, así suelen ser los artistas. Elena normalmente es de esa manera, intempestiva, como si sus pensamientos salieran a empellones, pero esta vez había algo artificial en su manera de sonreír, en su ajetreo entre tantos libros. «¿Un café?», dijo de pronto mordiéndose una uña, mientras miraba escrupulosamente la portada algo chillona de una novelita rosa. Luego se volvió hacia mí con una sonrisa demasiado forzada. «Sí, claro, un café», le dije un poco confuso yo también. Salimos al calor, al ajetreo vespertino de la calle Castillo. Como las calles son tan estrechitas por ahí, yo caminaba detrás de ella, sumiso y callado, atendiendo sus frases apresuradas, era lento irme poniendo al día en temas de los que apenas me enteraba, no porque no le prestara atención, sino porque ella revoloteaba de un asunto a otro como un gorrión. Al fin llegamos a un cafetín humoso donde parecía haberse empozado un resto del sopor del mediodía. Había un tufo compacto a calamares y encierro. Pedimos cañas y, mientras las esperábamos, ella empezó a mirarse los dedos, a levantarse minuciosamente las cutículas de sus uñas un poco infantiles y limpiecitas. «¿Por qué siempre decimos un café y luego pedimos cualquier otra bebida?», comentó de pronto, con una jovialidad impostada y penosa. «Es igual —manoteó como disolviendo su frase—, supongo que es una tontería». Me refugié en un sorbo de la caña que acababan de servirme y me encogí de hombros. Ella también bebió y quedamos un momento en silencio. De pronto empezó a sonar la trituradora del café, ese sonido monótono y brutal que súbitamente lo invade todo y obliga a levantar la voz exasperadamente. Yo estaba a punto de decirle que por qué demonios no nos íbamos a otro lugar cuando la escuché apenas decir que estaba embarazada. La trituradora cesó bruscamente y la frase de Elena quedó flotando, desafinada, en el aire. Como estaba a contraluz, vi unas hebras rojizas de su cabello que escapaban rebeldes de la coleta. Parecía una niña, pero sus facciones crispadas la devolvían prematuramente a una edad que aún no había cumplido. «¿Estás segura?», dije tontamente yo. Vamos, la pregunta del millón. «Claro», chasqueó la lengua ella llevándose otra vez una uña a la boca. «Y Enzo, ¿qué dice?». Buena pregunta, esa, pensé, pero demasiado fácil. Por supuesto Enzo no lo sabía aún: si no, Elena no me hubiera dicho nada, o me lo hubiera dicho de otra manera, sin ese aire crispado que se dibujó en su rostro. En eso ha entrado al cafetín un viejo de barba grisácea y gestos aviesos, enfundado en un abrigo inverosímil y lustroso. Nos ubicó como si hubiera estado buscándonos por toda la ciudad y nos blandió triunfalmente un boleto de la Primitiva. «Este va a salir», nos dijo en un susurro, con una seguridad maléfica que me sorprendió, pero luego, al escuchar nuestra displicente negativa, se fue y quedamos Elena y yo solos en el mundo, mirándonos a los ojos. Le di una palmadita afectuosa en la palma de la mano y creo que aquel mínimo contacto era todo lo que necesitaba para que sus ojos se anegaran. «Estoy hecha una idiota», dijo tratando de sonreír, buscando torpemente un *kleenex* en su bolso. «Bueno, no es para ponerse así», me escuché decir, a Enzo no tenía por qué desagradarle la idea, era cuestión de hablarlo, de decírselo y punto. «Él te quiere, Elena». «¿Tú crees?». «Claro que sí». Aquello pareció aliviarla, porque nuevamente su rostro se iluminó y seguimos conversando ya más tranquilamente. Esa misma noche se lo soltaría a Enzo, me dijo como si me lo prometiera. Nos quedamos un momento más, conversando de libros y de sus clases temporalmente abandonadas, sorteando con obstinación el tema de su embarazo, incómodos en el fondo con esa impostura necesaria. La dejé en la parada de las guaguas, allí por el cabildo, y caminé durante horas por la ciudad ya anochecida, incapaz de meterme en un bar y sacudirme ese asco de saberme indigno, humillantemente indigno de su amistad, de esos ojos que me habían mirado intensamente, como si en realidad solo hubieran estado esperando una absolución, esas tres o cuatro palabras amables y tópicas que le ofrecí. ¿Y qué podía haberle dicho? Pero son las tres de la mañana y estoy aquí fumando como un murciélago, incapaz de quitarme esta mugre abstracta que me envilece, sabiendo que escribir no es, de ningún modo, un acto de contrición.

28 DE ENERO

Horrible. Sencillamente horripilante.

29 DE ENERO

Ayer no me sentía con nervios para escribir lo que ocurrió. Debían ser las cinco de la mañana cuando de pronto me he visto arrastrado hasta la superficie de un sueño seguramente plácido para enfrentarme con una confusión de gritos como navajazos que han puesto de vuelta y media a todo el edificio. Carreras, puertas que se abrían intempestivamente, voces atropelladas y en medio de todo aquel desconcierto abrumador, privilegiada por su desgarro, una voz de mujer que pedía ayuda a gritos. De pronto todos los perros del mundo se han puesto a ladrar y yo me he incorporado de mi camastro sin estar del todo convencido de que aquello era la realidad y no un mal sueño. Tardé todavía un rato en asomarme a la puerta de mi piso y me he encontrado con la vecina, en bata, los ojos desorbitados por un miedo inabarcable. «¿Qué ocurre, por Dios?», me ha preguntado con esa rotunda incongruencia que se da en estos casos y antes de que yo contestara otro vecino ha aparecido en su puerta: «Hay que llamar a la Policía, es Yayi», ha gritado antes de volver a desaparecer cerrándola. Entonces he comprendido que el caos y los gritos provenían de la calle. Me he asomado al balcón, a la noche negra y densa donde se abatía una mujer, como un fantasma celeste, a cuyos pies yacía un cuerpo. Por un segundo ha clavado sus ojos en mí con una desesperación que nunca he conocido y me ha gritado que por favor llamara a una ambulancia, su marido se moría. En ese momento, no sé de dónde, han aparecido dos vecinos que se han acercado a aquel cuerpo desmadejado intentando reanimarlo o tomarle el pulso, no lo sé, solo veía que se estorbaban recíprocamente, incapaces de nada. La noche se ha convertido de pronto en un hervidero de luces y gente que se acercaba formando un corro en torno al hombre que yacía en el suelo y a la mujer que lloraba histéricamente, a quien varias vecinas han rodeado intentando calmarla. Casi al momento apareció una ambulancia y con esa eficacia algo siniestra que tienen los socorristas en estas circunstancias han bajado una camilla y se han llevado aquel cuerpo lacio cuya remota expresión de ahogado he alcanzado a ver fugazmente. Todavía el grupo tardó en disolverse, comentando atropelladamente lo ocurrido. «Eso tenía que suceder, ya se veía venir algo así, ay, mi madre», escuché una voz de mujer y luego otras voces apresuradas que le daban la razón o matizaban aquella sentencia, y yo pensé en crímenes, oscuras historias vedadas para mí, forastero de paso en aquel barrio que de pronto cobraba una vis distinta, tribal y oculta.

Me acosté buscando el sueño nuevamente, pero todavía he dado vueltas en la cama, sofocando la tentación de levantarme y mirar por la ventana, como para constatar que hacía apenas un momento la apacible noche de mi calle había sido rondada por la muerte. Hoy después del trabajo me he encontrado con la chica del fox terrier y un hombre de calvicie prematura, que creo es el marido. Ella me ha interpelado: «¿Supiste, no? No pudieron hacer nada. Parece que cuando su mujer lo encontró en la escalera, ya estaba muerto. Se suicidó». Me he quedado frío y, antes de que pudiera atinar a decir nada, el marido de mi vecina ha hecho un gesto de fastidio: «Eso se veía venir, la pobre chica lo dejó un par de veces y él no la volvió a convencer para que no lo abandonara. Estaba como una maraca». Mi vecina le ha dado un golpecito en el brazo y yo he murmurado vagas frases de pesar, antes de meterme en casita. Después, acostado en mi cama, escribo esto y pienso ofuscado qué tipo de llanto escucharé de ahora en más al otro lado de la pared.

3 DE FEBRERO

Vaya, vaya, de manera que vuelve a escribir. Por la mañana me encontré de pura casualidad con Capote en el Caravelle, un bar que me es ajeno por completo y al que entré simplemente a buscar tabaco. Es sorprendente cómo se difumina esa malla de conexiones mínimas y rutinarias cuando nos encontramos con un amigo fuera de los horarios y lugares que nos son habituales. En este bar no señalado por la carta de navegación que la contingencia ha trazado para nosotros, he visto a Capote como al trasluz.

Lo he encontrado distinto, más gastado, con esa palidez mezquina que les ablanda los gestos a los trasnochadores. Estaba tomándose un cortado y un sándwich de jamón y queso y leía el periódico que ha colocado sobre la barra. «Hombre, tú por aquí», me saludó sorprendido. «¿Y tú, qué haces por aquí?». Me ha mirado con perplejidad: «Yo desayuno siempre aquí», ha dicho casi escandalizado, como quien plantea algo evidente. Por un segundo nos hemos quedado mirándonos confundidos, como quien con grandes aspavientos pasa la voz en la calle a alguien y tarda un momento en comprender que ha saludado a un desconocido. «¿Y qué, ¿al trabajo?», me dijo al cabo, mientras reanudaba la lectura de su periódico. «No, todavía entro en un momento más», le dije mientras pedía un café. Estuvimos un buen rato en silencio, bebiendo despacio. «A ver si nos vemos un día de estos. Martín me ha pedido la novela. Dice que puede moverla en su sello editorial». Capote dice simplemente la novela, porque hemos hablado tantas veces de ese trabajo inconcluso, de sus renovadas promesas de volver a cogerla, que ya no hace falta decir más para saber a qué novela se refiere. Lo conozco casi desde que llegué a la isla, y desde entonces las charlas reiteradas sobre su obra inconclusa le han erosionado hasta el título, dejándola convertida en un algo primordial, exento de cualidades individuales. Es la novela, así, a secas. Me quedé un rato leyendo el *Marca* y comentando la mala suerte del Tenerife en el último partido con el Oviedo, francamente mala pata ese penal de Juanele errado en el último minuto. Luego he salido disparado para la chamba porque se me hacía tarde y hemos quedado en vernos un día de estos en el Metro, ya me comentaría alguna novedad. Todo el día estuve pensando en ese brillo turbulento que había en los ojos de Capote cuando me dijo lo de la novela, como si él hubiera tomado buena nota de los plazos que te da la vida y que esta debe ser la última oportunidad que tiene para desentumecerse y escribir.

6 DE FEBRERO

Ayer, al salir del salón, había un revuelo de gente en el bar donde tomo mis cañas y me he acercado intrigado. En medio del tumulto de oficinistas y comerciantes, he visto al viejo profesor despatarrado en su silla, con la camisa desabotonada hasta la mitad. Me he fijado en su pecho escuálido donde apenas crecen unas matas ralas de pelo blanco, en el rostro lívido y en sus ojos cerrados con fuerza, como si estuviera meditando sobre una verdad terrible a la que solo él tenía acceso. Alguien le abanicaba el rostro inútilmente y pedía que llamaran a una ambulancia. Sin saber cómo me he encontrado frente a él, preguntándole qué le ocurría, insistiendo tontamente en que llamaran a una ambulancia, escuchando sus murmullos pedregosos, «ya estoy mejor, ya estoy mejor, solo quiero un vaso de agua, nada de ambulancias, por favor». Mi solicitud atropellada y la paulatina reacción del profesor han hecho que la gente se fuera desentendiendo poco a poco. De golpe nos hemos quedado solos, absurdos y violentos: yo haciéndole beber el agua —que nos ha alcanzado el dueño del bar, preocupadísimo— en pequeños sorbos (esas cojudeces que uno escucha y asume como axiomas de primeros auxilios), intentando que se acomodara mejor en la silla. «Ha sido el calor», me ha dicho al fin, llevándose al rostro un pañuelo inmenso como una sábana. «Debería ir al médico», le he dicho yo, sentándome a su lado, pero el profesor ha cerrado los ojos con fatiga y ha movido una diestra enérgica, «no, no es para tanto, amigo». ¿Y ahora qué hago, madre mía?, pensé vertiginosamente mientras contemplaba su trabajoso restablecimiento, el resuello enfermo de sus pulmones. El profesor pareció darse cuenta de mi confusión y me ha ofrecido una sonrisa, que me fuera tranquilo, ya estaba bien, de veras. Me cerré en redondo a abandonarlo y después de negarse sin mucha convicción accedió a que lo acompañara a su casa. Hemos caminado un par de calles a paso de tortuga hasta una pensión infame, como de cinco estrellas bajo cero por lo menos, y que queda cerca del Mercadona de la calle Benavides. «Vaya susto, profesor», le dije por decir algo y él ha sonreído como avergonzado, mirando hacia la escalera oscura de la pensión de donde escapaba un vaho denso de abandono y decrepitud. «¿Le puedo ofrecer una copita de orujo como agradecimiento?», me ha dicho de pronto y recién he advertido que tiene acento peninsular. «Es muy bueno, de mi pueblo», ha insistido sacando casi con gallardía el pecho y extendiendo un brazo flaco hacia la escalera de la pensión. «Claro, profesor», me encontré diciendo yo, mordiéndome la lengua para no decirle que le invitaba yo en cualquier bar, porque he comprendido que no debe tener un duro y no era cuestión de negarle la hospitalidad.

Subimos por unas escaleras crujientes que olían a desinfectante y meados de gato, el profesor por delante, esmirriado y lento, yo detrás, atontado por esa penumbra de socavón que era el pasillo por el que avanzábamos. Había cuatro o cinco puertas a cada lado y de ellas se filtraba un rumor de voces de radio y risas de concurso televisivo. «Es la última puerta», me dijo de pronto como para atajar una hipotética deserción de mi parte y le sonreí algo forzado, «por supuesto», creo que dije con una voz que pretendía ser jovial. Entramos a una habitación oscura y húmeda como el fondo de un pozo. El profesor se acercó a la ventana descorriendo unos pesados cortinajes de cretona y aparecieron en la penumbra luctuosa de la habitación unos muebles desoladores y como de posguerra que evité por todos los medios mirar. El profesor acomodó inútilmente los almohadones de su cama prehistórica y me acercó una silla mientras yo fingía interesarme por el anaquel donde guardaba, junto a botes de Nescafé y medicamentos, algunos libros: «Siéntese, por favor, y disculpe el desorden», dijo rebuscando afanosamente en un aparador donde había platos y tazas. Sobre la mesita de noche descansaba una foto vieja a la que el tiempo le había incendiado de amarillo los extremos. Desde allí sonreía una joven de belleza anticuada, con una aureola de impertérrita felicidad que parecía abarcar al hombre que acercaba su rostro sonriendo en escorzo y colocando una mano pretendidamente desenvuelta en el talle de su novia, envarado en su uniforme militar, famélico y consumido como todos los jóvenes españoles que vivieron la guerra civil. «Mi Eloísa», escuché que decía el profesor a mis espaldas con una voz donde apenas se contenía una nota vibrante. «Es muy guapa», le dije sin saber qué añadir. «Era muy guapa, sí», dijo él enfatizando el tiempo verbal y cogiendo la foto para acercársela a los ojos y mirarla con devoción. «Murió hace ya veinte años —agregó al adivinar mi confusión—. Eloísa tenía el corazón muy frágil y los años de la guerra se lo estragaron para siempre». El profesor se llevó con torpeza el dorso de la mano a sus ojos aguachentos y sonrió con esfuerzo antes de acercarme una copita donde brillaba el orujo intenso. Bebimos en silencio y aprobé con sinceridad la calidad del licor sin poder evitar que el profesor volviera a llenar mi copa. «Ya no se encuentran jóvenes amables que acudan a ayudar a un pobre viejo en un trance difícil», dijo paladeando su segunda copa más lentamente. Estaba de pie frente a mí, erguido marcialmente, como si nos encontráramos en un cóctel y no en esa habitación húmeda y tristona del centro de Santa Cruz. Para llenar el silencio, para no parecer descortés, le comenté algo sobre una novela de Zamacois que tenía sobre su mesa de noche y el profesor abrió unos ojos redondos y algo miopes, ¿había leído yo a Eduardo Zamacois? A él le gustaba mucho y de vez en cuando volvía a sus páginas, sobre todo a *La opinión ajena*, vaya una novela. Y también gustaba de García Lorca y disfrutaba con la poesía de Alberti, me dijo mostrándome con orgullo unos libros descuajeringados que sacó del anaquel. Y algunas cosas de Jardiel Poncela, también, suspiró de pronto enmohecido. Aquello era literatura de verdad. Pero la vista le fallaba y le costaba un esfuerzo enorme leer, agregó apesadumbrado. Comentamos poco más sobre aquellos libros y nos quedamos bebiendo en silencio. De pronto todo me empezó a parecer absurdo y patético, un viejo jubilado y un extranjero solitario y treintón brindando en un cuarto misérrimo, sin otra cosa que decirse que no fueran esos tópicos amables que ensayamos con los desconocidos y que se agotan lastimosamente al cabo de un momento, qué sé yo, nunca he sido un buen conversador y en el fondo estaba desesperado por largarme de allí, como si la desventura de aquel jubilado fuera una tramontana maligna de la que es necesario escapar a toda costa. El profesor pareció darse cuenta y sonrió pausadamente, señalándome con su copita de orujo. «Seguramente tendrá cosas que hacer y yo lo estoy entreteniendo con mi cháchara de viejo». Antes de que pudiera protestar hizo un gesto amable con la mano y sonrió. «Más bien, si quiere, venga un día que tenga tiempo y conversamos de libros. ¿Qué le parece?». Perfecto, le dije que me parecía perfecto y me fui. En la calle respiré a todo pulmón el viento saludable que soplaba, sintiéndome inevitablemente culpable.

9 DE FEBRERO

La lluvia ha encharcado la ciudad y sobre las cumbres de Anaga han quedado encallados unos inmensos nubarrones, gruesos y ominosos, como un presagio de apocalipsis. Todo parecía tan gris y sucio desde que he llegado de mi trabajo que he tenido que encender las luces. Me he metido en la habitación a escuchar algo de música y a escribir una carta para Mauricio Arizmendi, que vive en Uruguay desde que se separara de la chata Elsa. Pero estaba sin ganas, como si en realidad no tuviera que contarle nada, y me he dado cuenta —sorpresa, sorpresa— de que efectivamente nada tengo que decirle. De manera que me he encontrado apoyado en el balcón, viendo caer esa lluvia insulsa que iba empapando todo con su terrible empeño erosivo, y he sido alcanzado por una livianísima nostalgia, algo que tenía mucho que ver con ese resplandor macilento de la luz encendida a mis espaldas, tan propicia para una larga convalecencia. Allí estaba yo, recordando esa lectura de mi infancia que tanto le gustaba repetir, precisamente, a Mauricio: «La tarde era triste, la nieve caía», mirando la lluvia desde el balcón, cuando de pronto he comprendido que desde hacía un rato ya no estaba escuchando la música de John Coltrane que había puesto en el tocacasete, sino la voz de mi vecina desconocida, cantando una canción cuya letra no alcanzaba a descifrar del todo. Creo que era un bolero, porque en las pocas frases que atrapé con esfuerzo se adivinaban esas letras intensas y pasionales tan propias de los boleros, aunque tampoco soy muy ducho en el tema. En cualquier caso, la voz sonaba como llegada de otro tiempo, triste como nunca antes la había oído, al parecer tocada también por ese ángel de la melancolía que había cruzado raudo por mi habitación. Había, sin embargo, un sosiego maduro en aquella tristeza, una cualidad tan íntima en esa voz que cantaba para sí misma, que por un momento me he sentido violento de estar escuchándola, como si estuviera fisgoneando en la vida de esa mujer anónima y casi abstracta. Resistí la tentación de mirar hacia aquella ventana cercana, donde creo haberla ubicado, pero me quedé oyéndola a gusto, con el fondo de la lluvia invencible que empezaba a mitigar, puerilmente conmovido por esa especie de paz sin pretensiones a cuyas orillas me he visto varado. Entonces he cogido mi cuadernito y he escrito esto.

10 DE FEBRERO

El clima le juega a uno cada broma. Desde temprano ha salido un sol espléndido, aparatoso, como si el cielo estuviera pidiendo perdón por la que nos jugó ayer. Además soplaba un viento que hacía estremecer las copas de los árboles, levantando un aroma intenso de tierra renovada en los jardines de la ciudad. Como hoy entro a las cuatro a la chamba, me he sentado en un banco de la rambla a leer un rato, tomando el sol confundido con los jubilados que recalan por ahí al mediodía, y que se sientan en las bancas, pétreos como lagartos de Salmor. Pero la tarde estaba tan agradable que me ha resultado imposible concentrarme en las conjeturas de Touraine. También, qué huevón, ¿verdad?, llevarme la *Crítica a la modernidad* para pasar una tarde de sol en el parque. He cerrado el libro y me he puesto a pensar en mi vecina acústica, preguntándome si acaso ella también sienta hoy esa misma vergüenza que experimento yo, al darme cuenta de que mis pulsiones anímicas están tan íntimamente ligadas a las condiciones climáticas, como si en realidad nada de lo que me ocurre tuviera fuerza suficiente para brotar por sí mismo: me he sentido como una pequeña estación meteorológica, cuyo único sentido es advertir los sutiles humores del tiempo y traducirlos en actitudes vitales. Y, bueno, ¿acaso es para avergonzarse? Poco trabajo hoy, he podido cerrar temprano el salón.

15 DE FEBRERO

Y empezaron los carnavales. Normalmente esta es una ciudad que parece esconderse, modosita, en la amabilidad algo tropical de sus gentes, en ese discurrir lento bajo un tiempo que también resulta amable y sin estridencias, como si lo único que realmente importara en la vida fuera mirar siempre un mar azul desde la calle Castillo, que baja y se desparrama en la multitud de la plaza España. Parece una ciudad de opereta, donde nunca o casi nunca ocurre nada. Pero en cuanto empiezan los carnavales..., bueno, a ver si ahora me voy a poner en plan Pereda y tendré que soportarme yo solito escribiendo cosas que me son tan difíciles de explicar, como si el carnaval fuera el carnaval que venden en los folletos de las agencias de viajes y no esa especial percepción de las cosas que registré a mi llegada. Esa turbamulta frenética que baja como una marea de voces y colores y cánticos que arrasa con la cordura, dejando su olor a resaca y albañal hasta bien entrado el día siguiente. El primer año bajé (yo vivía en La Laguna) con Antonio el valenciano y unos amigos de su grupo de teatro: lo pasamos en grande, sordos y eufóricos entre la multitud parrandera, como un Macondo festivo que se volcaba a las calles a vivir plena y radicalmente. Al segundo carnaval fui con Carolina y merodeamos entre las casetas parranderas, contagiándonos de la embriaguez colectiva, más por disfrutar del amor recién encontrado que por otra cosa, demasiado recientes en nuestro romance como para que todo lo demás no significara apenas una excusa para bailar y tocarnos, constatando absurdamente que estábamos allí, que los besos y las caricias eran para siempre, eso, en fin, que todos conocemos. ¿A qué iba yo? Ah, sí, los benditos carnavales. (Pero recordar de golpe a Carolina ha sido como una galerna súbita que escora mis emociones y me pregunto si la melancolía del amor perdido no es solo un abismo donde caemos, una y otra vez, empecinados en encontrar razones para hacer más llevadera la desdicha. Supongo. De pronto estoy tan tranquilo, paseando por las calles del centro o tomándome una copa en algún bar y me asalta, intempestiva, la imagen de Carolina, el recuerdo minucioso de ciertas tardes que vuelven como una mano oscura a desbaratar mi calma, esa calma que es como un resguardo donde me agazapo para neutralizar los bruscos embates de la nostalgia, joder, y tengo que aplicarme a fondo para ganar tranquilidad, para calmar al corazón que se descompasa, para decirme tontamente «ya pasó, ya pasó». Pero claro, después me quedo ensombrecido, porque, efectivamente, ya todo pasó. Quizá por eso no bajo al carnaval, porque temo irracionalmente encontrarme con Carolina, como si no fuera más fácil encontrarme con ella cualquier tarde en Santa Cruz o en La Laguna, en alguno de los bares que frecuentábamos, y a los que yo sigo acudiendo, ganado por la costumbre. Quizá porque hasta entonces, hasta ese primer carnaval que disfrutamos ella y yo, todo entre nosotros había sido preparación, atraque y fondeo, pequeños ajustes entre un servidor y la jefaza: ella era la coordinadora del festival de teatro y yo uno de esos anónimos tramoyistas que iban y venían como atareados fantasmas de la ópera por entre bastidores. No hay mucho que contar: una tarde y otra más coincidimos a solas en el bar de la universidad. Al principio hubo esa suerte de esgrima cortés de frases y tanteos, un café y unos *donuts*, un cigarrillo y poco más, pero al cabo, como de puntillas, empezó a haber además una sensación extraña de bienestar, de reciprocidad sincera que no se justificaba del todo por el descubrimiento de lecturas comunes y bobadas por el estilo, aunque también hubo algo de eso, claro. No: era algo más recóndito, que no sé cómo carajo explicar. De golpe, con una audacia de la que hasta hoy me sorprendo, la invité a un café: me miró perpleja, probablemente calibrando la puerilidad de mi frase (ya estábamos tomando un café, yo no me expliqué bien, me precipité a aclarar que en realidad había querido decir otro café, en otro lugar, otro día). Sonrió confusa o avergonzada, murmuró algo que no alcancé a oír bien, yo empecé a sentir una lástima tremenda de mí mismo, llegaron en pelotón los demás chicos y *last but not least* todo empezó a irse lentamente a la mierda. Estuve un par de días con el rabo entre las piernas, pensando que el golpe de temeridad no había sido nada más que eso, una intrepidez a la que ella no quiso contestar, ganada por ese pudor terrible que experimentan quienes no nos quieren ofender con una negativa. Y no obstante, el último viernes de chamba me la encontré en la entrada principal de la universidad, la que da a los estacionamientos. Sí, allí estaba ella, que solía irse antes, siempre con prisas, con unos apremios que yo creía provocados por algún romance, o algo así, no sé. Estaba ahí, mirando hacia fuera, como si simplemente contemplara la lluvia tenue que empezaba a caer, como si tuviera todo el tiempo del mundo. Cuando estuve a su lado se volvió hacia mí con una naturalidad conmovedora, me sonrió y dijo: «¿Y ese café?». Y ese café. Bueno, ¿para qué seguir por ahí? Lo que ocurrió después es tan mío, tan absolutamente mío que me cuesta ponerlo aquí, en este cuadernito algo ajado donde anoto el entramado pueril de lo cotidiano y no quiero decir más de Carolina, porque escribirlo es como reinventar dolorosamente las cosas, inútil armazón de palabras, no se registra así lo perdido, no se puede, no.

17 DE FEBRERO

Hoy por la mañana estaba realmente aburrido en el recreativo, fumando sin muchas ganas, discretamente apoyado en el quicio de la puerta, hipnotizado por el tráfico vespertino de General Mola, entregado sin resistencia a la molicie de ver pasar gentes de toda laya por la avenida, escuchando como a lo lejos el zumbido enajenante de las tragaperras y las máquinas de matar marcianitos, y me preguntaba cuándo reuniría ganas y valor para iniciar mis trámites de convalidación de estudios y si esto era realmente lo que quería hacer. Reflexionaba sobre ello más por entretener la mente en algún pensamiento alejado del fragor cibernético del salón que por interés sincero en lo que pensaba. Por eso ni siquiera me fijé en la chica que seguramente entró ante mis narices —y este pechito en la constelación del Cisne, carajo, un día de estos me van a desmantelar el salón y yo sin darme cuenta— y solo reparé en ella cuando escuché el rumor creciente de la discusión al fondo del local. Entonces me volví con impaciencia, pensando en esas sórdidas reyertas que a veces irrumpen en la tranquilidad de los ludópatas y me los ponen excitados, y entonces tengo que intervenir, apaciguar o conciliar y —si las cosas adquieren color hormiga— amenazar con una llamada a la Policía. Por fortuna esto rara vez ocurre, salvo con los gamberros quinceañeros que hacen esporádicas incursiones por allí. Por lo general oficio de mediador y la sensación que me deja este papel es bastante ruinosa, como si fuera yo el bedel de un psiquiátrico que procura calmar a los casos sin esperanza hasta que lleguen los doctores y se los lleven entre alaridos o carcajadas de iluminados para su sesión diaria de *electroshocks*.

Pero en fin, cuando me volví discretamente para ver si era necesaria mi intervención profiláctica entendí que no iba a ser necesario. La chica que había entrado tendría poco más de veinticinco años, no sé, algo en su expresión resultaba demasiado adulta para su figura delgada y más bien pequeña, para ese rostro de facciones delicadas que la preocupación o el fastidio habían afilado mientras hablaba con la mujer de edad brumosa que bajaba la cabeza mientras la escuchaba, que bajaba la cabeza y se retorcía las manos como hacen los niños cuando son pillados en falta. Estaban en el rincón del local, junto a una máquina tragaperras de las pequeñas: yo a aquella mujer de edad brumosa la conozco porque viene con frecuencia al recreativo, llega con bolsas de Mercadona o Hiperdino que deja a un lado con aire culpable y luego se acerca con un billete de mil pesetas para pedirme cambio y al cabo vuelve nuevamente con otro billete y la expresión desolada y no furiosa, como suele ocurrir habitualmente con los ludópatas, que se acercan con los ojos llameantes a pedirme cambio y chasquean la lengua y resuellan agitados antes de partir otra vez hacia las máquinas.

La chica joven se llevaba de vez en cuando una mano al flequillo como si hiciera mucho calor, y luego dejaba caer con brusquedad esa misma mano a la cadera. La otra mujer intentó decir algo y buscó la mano de la joven, pero esta la retiró y de inmediato pareció arrepentirse porque cogió la diestra de la mujer de edad brumosa que se dejó conducir dócilmente hacia la puerta. Pero antes de llegar hasta donde yo estaba observando todo, la mujer de más edad dijo algo al oído de la joven y se fue hacia el baño. Apenas había dos chicos entusiasmados y frenéticos apostados frente a la máquina de fútbol y un hombre imperturbable que dejaba caer monedas en otra tragaperra, mientras fumaba un puro apestoso. La mujer joven pareció ni siquiera verme, dio unos pasos hacia el otro extremo de la puerta y se cruzó de brazos, muy seria, equidistante respecto a donde me encontraba yo. Desde allí, sin mirarme todavía, preguntó: «¿Suele venir por aquí, verdad?». No supe qué contestar, supuse que era la hija. «No, no siempre, muy de cuando en cuando más bien», mentí malamente encendiendo un cigarrillo. De pronto me sentí ridículo con mi camisita salmón, amariconada. «Ya», sonrió ella limpiándose unas motas de polvo de la blusa, sin mirarme. Luego se volvió hacia mí. Tenía los ojos ensombrecidos cuando volvió a hablar: «¿Te puedo pedir un servicio? No la dejes jugar, por favor. Dile que no cuando te pida cambio, lo que sea». Le expliqué sinceramente que lo sentía, yo no podía hacer eso, no era quién, que se imaginara mi situación. La verdad daba pena ver ese rostro bonito nublado por la preocupación, imaginé vertiginosamente las discusiones, los enfados, las amenazas y los reproches, los llantos cruzados que unirían a aquellas dos mujeres noche a noche: sí, seguramente era la hija. «Entonces hazme este favor —dijo mirando rápidamente hacia el fondo del local y extendiendo un papelito en el que anotó algo apresuradamente—, cuando venga por aquí llámame a este número, por favor, estoy muy preocupada y no sé qué hacer. Me llamo Belén, Belén Afonso, y vivo aquí cerca. No te cuesta nada y me haces un inmenso favor, créeme». Ya tenía el papelito en la mano cuando apareció aquella mujer de edad brumosa que salió seguida por la chica. Antes de salir, ella se volvió hacia mí e hizo un gesto como de súplica o advertencia o recordatorio de lo que me había pedido y a lo que no supe ni siquiera negarme.

Toda la tarde he estado inquieto, sacando del bolsillo el papelito pulcramente doblado como para constatar que lo tenía, temeroso de haberlo perdido y al mismo tiempo aliviado de pensar que lo había extraviado.

18 DE FEBRERO

¿Qué será de los amigos que he dejado en Lima? La pregunta me ha venido así, como un fantasma callado y sorpresivo, mientras leía sin muchas ganas en el parque, mortificado por una llovizna que no terminaba de cuajar, apática y esquiva, tan similar a otras que apenas humedecen las tardes invernales de mi lejana ciudad natal. Quizá por eso me he preguntado, casi con tristeza, pero sin alarma, es decir, más bien melancólicamente, por los amigos que se quedaron allá. Al principio, cuando recién me instalé en la isla, el correo que mantenía con algunos —Coqui Valdivieso, el negro Arriola, Jorge Ackerman— resultaba suficiente para mantener en jaque los eventuales golpes de la nostalgia. Ante eso y mi impajaritable necesidad de adaptación (es decir, de encontrar pronto una chamba, luego de conseguir el bendito permiso de residencia) no había tiempo para extrañar. Luego el correo se hizo más esporádico, sin que hubieran sido ellos exclusivamente culpables de la lenta lejanía que se iba armando, porque ya estaba Carolina en mi vida y la colmaba por completo. Ahora que ya no está, tampoco están los amigos. Es decir, ahí están, claro, pero no es la distancia física la insalvable, sino esta otra distancia mental o como diablos se llame que se evidencia en la nostalgia sentida de pronto. Nostalgia que, sin embargo, no alcanza para sacudirme la pereza, desentumecerme y escribir unas cuantas cartas. ¿Y allá? ¿Cómo lo sentirán allá? Probablemente igual. O no.

19 DE FEBRERO

Nunca digas de esta agua, etcétera. Ayer me llamó Elena. ¿Por qué no nos veíamos un rato? Debió advertir mi extrañeza porque agregó algo apresuradamente que necesitaba hablar conmigo, y puso un énfasis teatral al decirlo. No pude evitar sonreír, imaginándola al otro lado del teléfono mordisqueándose una uña, el ceño adusto en ese rostro algo infantil, poco dispuesto a la contrariedad. Claro que sí, contesté, que me dijera dónde y a qué hora. Me pareció oírla suspirar aliviada. Ella iba a bajar con unas amigas al carnaval, muchas ganas no tenía, pero aprovechaba el coche de una de ellas, si no tendría que venir en guagua y habría que esperar a otro día. Quedamos en el quiosco de la plaza del Príncipe.

Colgué y busqué un cigarrillo para sentarme en el saloncito a fumar tranquilo, a razonar con calma. Luego lo pensé mejor y me serví también un chorrito de whisky. Aún no sé por qué me ha elegido a mí para sus confidencias, si en realidad apenas nos conocemos y, aunque (creo) nos caemos recíprocamente bien, me inclino a suponer que necesariamente habrá amigas a quienes resulte más propio contarle estas vainas. En rigor, yo solo soy una especie de amigo periférico que muy de cuando en cuando coincide con ellos (pensar en Elena es inevitablemente pensar en Enzo), algo apático, no muy buen conversador y poco dado a la intimidad. Total que adiós almuerzo, algo en todo esto me dejó el estómago lleno de revoloteos, de un presentimiento de angustia imposible de aliviar. Toda la tarde en el recreativo estuve dándole vueltas al asunto, afligido porque no sabía qué me iría a decir y, peor aún, no sabía qué respondería yo, cómo contestaría a esas preguntas sin escapatoria que ella iba a formular, esas preguntas que solo buscan confirmar lo que ya sabemos, vencidos de antemano por la certidumbre y no obstante reacios a aceptarla, como si escuchándola en el otro perdieran su condición fatal. Pero no puedo engañarme, hubiera sido más fácil decirle que no, que salía molido del trabajo, cosa que, por lo demás, es absolutamente cierta. Y sin embargo acepté. Toda la tarde estuve en el salón mirando el reloj, impaciente por acudir a mi cita y sumergirme en el carnaval que estremecía las calles mientras avanzaba horas después por la rambla, a eso de la una de la mañana, incómodo entre tanta gente disfrazada y eufórica, enloquecido ya por el retumbar de las mil músicas distintas que formaban una especie de ritmo único, de corazón gigantesco y desbocado, cuando alcancé la calle Castillo, sin atender las burlas de quienes se me acercaban porque yo era el único que iba sin disfraz, como si la cordura fuera un calcetín vuelto del revés y entonces yo era el único piantado, la piedra en el zapato, el idiota de la familia. Me acerqué a la atestada barra del quiosco y miré en torno mío: imposible reconocer a Elena, lo más lógico era que llevara un disfraz. El bullicio era infernal. Pedí un whisky y me lo sirvieron en esos espantosos vasitos de plástico que suelen usarse en carnavales, crujientes vasitos de mierda que estupran el whisky y le dejan un residuo químico a su sabor, en vano insistí en que por favor me pusieran un vaso decente. Nanay de la Cochinchina. Me lo bebí de un trago y con un sordo rencor pedí otro, mirando de vez en vez hacia la calle por donde bajaba una infinita algarabía de travestidos exultantes, viudas grotescas y arlequines ebrios. Qué lejos me quedaba ese que fui yo, que bailoteó en un par de carnavales con tanta despreocupación como la que mostraban todos estos. «¿Hace mucho que esperas?». Me volví al sentir una mano tibia y familiar, una mano que de pronto me arrojó a otro carnaval, a otro tiempo. Elena me dio un beso y se acomodó los cabellos que llevaba recogidos en un moño. Había dejado a sus amigas por ahí, quedaron en verse en un par de horas. Hice mis cuentas y pensé que las cuitas serían muchas. Estaba vestida de campesina, lechera, o algo así: un vestidito negro con un delantal, una blusa blanca con volantes y encajes, y un maquillaje mínimo. El conjunto creaba una ilusión de sainete, sobre todo porque los ojos de Elena tienen esa dulce belleza que siempre he imaginado en las españolas. El whisky y mucho Montero, León y Quiroga, supongo. «¿Te parece que nos vayamos a otro sitio?», le pregunté sin gran entusiasmo. «Me pido una ginebra y nos vamos, ¿vale?», dijo acercándose un poco más a mí, buscando abrirse un huequecito en la barra. Me llegó una vaharada a burbujas de champú, a pan recién hecho. Yo me pedí otro whisky y bebimos en un silencio cuyo horizonte era surcado apenas por comentarios triviales, incómodos en la barra atestada. Al fin nos fuimos de allí y caminamos entre el gentío buscando la calle La Rosa, donde era cada vez más esporádico el retumbar de la pachanga, más infrecuentes los grupos de parranderos que bajaban hacia el epicentro del carnaval. «Antes me gustaba mucho», dijo al cabo y yo no supe muy bien a qué se refería. No obstante pregunté: «¿Y ahora?». «No tanto, creo que ya tengo muy vistos los carnavales». «Yo también», le dije sin poder evitar una nota de hastío y ella descompasó el ritmo de sus pasos para mirarme con curiosidad. «¿Viniste con ella, verdad?». Me volví yo también a mirarla y antes de que le respondiera soltó una risita: o sea que no se había equivocado, o sea que hubo una ella, dijo enfatizando la última palabra con esa autosuficiencia desconcertante que a veces esgrimen las mujeres, como si leer en los silencios de un hombre no les representara ninguna dificultad. «Sí, hubo una ella», dije yo pensando en todo ese año que prácticamente no nos vimos con Enzo y Elena, cuando solo existía para Carolina. Soplaba apenas una brisa tibia y el cielo estaba completamente limpio, bueno para mirarlo sin pensar en nada. Estábamos cerca del cuartel de Almeida y del carnaval quedaba apenas un vestigio apagado a nuestras espaldas. «Ven, vamos a sentarnos allí», dijo señalando un parque cercano. «Tengo combustible», agregó sacando de uno de los bolsillos de la falda una petaquita que hizo bailotear ante mis ojos. Recién entonces caí en cuenta de que estaba algo achispada, con los colores arrebatados que yo en un primer momento atribuí al maquillaje. «Venga, vamos», me dijo cogiéndome del brazo, como si yo en algún momento hubiera vacilado. «Vamos a brindar», dijo una vez que nos sentamos en una banca casi escondida entre los arbustos. «Vamos a brindar porque todo fue una falsa alarma», dijo de pronto y bebió un trago algo vehemente, como con furia. Luego me pasó la petaca y bebí un sorbo. «Me alegro de que todo no haya sido más que un susto», le dije entendiendo a qué se refería y Elena me arrebató la petaca. Cruzó las piernas con desenfado, echó otro trago largo y luego se pasó el dorso de la mano por la barbilla, un ademán de *cowboy* apócrifo que me hizo sonreír. Sin embargo, cuando se volvió a mirarme ya no me dio tanta risa. «Pero el susto ha servido, ¿sabes?», dijo con una voz desafinada. «Ha servido para que pudiera comprender la verdad». La frase me golpeó como una bofetada. Hay frases así, terribles pese a su hechura común, a la aparente inocencia de su formulación. Echó otro trago de la petaca y su rostro se contrajo, no sé si por el alcohol o por la tristeza. Volvió la cara bruscamente, como si de pronto le hubiera llamado la atención el grupito de chicos disfrazados que pasaba por la acera de enfrente canturreando confusas consignas antes de perderse calle abajo. Nos quedamos un rato callados y ella me pasó la petaca sin mirarme, como si con ese gesto pueril ocultara el par de lagrimones que bajaban por sus mejillas. Yo no me atreví a preguntarle a qué verdad se estaba refiriendo, porque creí comprender y me supe cobarde y además cómplice. «He sido una imbécil», dijo con ese frío rencor que reservamos para nosotros cuando ya nada nos puede redimir de nosotros mismos. Luego, aún sin mirarme, agregó: «¿Tú sabías, verdad? Sabías que Enzo en realidad nunca estuvo enamorado de mí. Solo quiero que me lo confirmes, ya sabes, a veces es necesario escuchar en el otro lo que uno no se atreve a decirse a sí mismo». Ahora fui yo quien le dio un largo trago a la petaca y pensé entre brumas que eso mismo me había dicho yo apenas unas horas antes. Ahí estábamos los dos, poco menos que un par de desconocidos y ya haciéndonos daño. «No te preocupes —escuché que me decía con la voz ya del todo quebrada—, no te preocupes».

Tardé un rato en descubrir que tenía una mano suya entre las mías.

22 DE FEBRERO

Ayer por la noche por fin me decidí a escribirle a Arturo. Ya mientras cruzaba por el puente Galcerán iba cuajando en mí la perentoria decisión de sentarme frente a la hoja en blanco y escribirle esa carta que vengo posponiendo hace tanto tiempo. Pero al llegar a casa todas las ideas luminosas y todos los propósitos de franqueza que había pensando poner en el papel se han hecho humo, volatilizados por mi apocamiento para enfrentar esta situación. La amistad con Arturo se mantuvo durante años bien resguardada de las pequeñas sevicias que van trufando las amistades infantiles y adolescentes por la sencilla razón de que siempre fuimos sinceros, a veces brutalmente sinceros, y eso terminó por levantar entre nosotros una trinchera de camaradería sin fisuras y a prueba de bombas. Por eso su carta me extrañó tanto: en sus líneas bien educadas había además una distancia manifiesta que me ha impedido responderle con soltura y con ganas, obligado yo también a adoptar el registro facilón que él utilizó conmigo. Y cada línea ha sido una traición a él, a mí mismo, a nuestra amistad. Obligado a esta complicidad odiosa, le he contestado con la misma ligereza que si quería darse una vuelta por la isla, aquí estaba su *brother* de toda la vida. Sin embargo, mientras avanzaba por mi carta me ha sido imposible no ir advirtiendo cómo esta se iba intoxicando de cinismo y me he tenido que detener, avergonzado, a punto de contarle el asunto de Elena, aburrido de no tener mucho más que decirle y tomando de otras vidas lo que me ayudaría a salpimentar una carta artificiosa, pueril, una carta que es puro *gossip*, para decirlo como lo diría Arturo en su buen inglés.

Me he levantado de la mesa sintiendo que me ardía la cara de vergüenza, me he servido un vaso de agua y luego otro pensando que qué tendría que ver la pobre Elena en mis vacuidades existenciales, carajo, como si no fuera suficiente con lo que está viviendo como para que yo la agregue a esta lista de naderías cuya única finalidad es contestar una carta llena de la misma superficialidad que he recibido por parte de Arturo. Y además, qué pinta ella en mi vida, coño, me he dicho desdeñando el agua por un chorrito de whisky que he bebido a palo seco, qué chucha pinta en mi vida Elena, me he repetido una y otra vez, cada vez más oscurecido, sintiendo que la bronca iba perdiendo fuelle, hasta quedar reducida a un montón de cenizas y tristeza.

23 DE FEBRERO

Y uno que se queja. Es un alivio saber que en casa no necesitan un solo dólar mío (más bien al revés, si me apuran un poco), como les ocurre a otros tantos inmigrantes cuya único aliciente vital en cuanto llegan a la Madre Patria consiste en reunir el dinero necesario para que los de allá sigan viviendo. En realidad, mi exilio ni siquiera se puede llamar así, no tengo derecho. Hoy por la tarde me acerqué a la plaza de España, donde los carnavales han concentrado un gentío heterogéneo y llamativo de turistas pálidos y en pantalones cortos, *neohippies* que tocan sus congas incansables, monótonamente, rodeados de perros famélicos, de africanos de ojos resignados que venden imitaciones de camisetas Gucci y relojes Rolex de fantasía y sudamericanos que improvisan conciertos andinos incongruentemente tristes en plena fiesta carnavalera: en realidad, casi me obligué a salir de casa para no apolillarme allí, entre libros y silencio, y aunque tanta disciplina me fastidió un poco luego he ido venciendo mi propia suspicacia ante lo cotidiano y he disfrutado mezclado entre la gente. Un acento peruano —los acentos propios solo se reconocen fuera del terruño, claro— ha llamado mi atención: eran cuatro cholos disfrazados de apaches que preparaban su concierto y colocaban en una mesita plegable los compactos que luego intentarían encajar a la concurrencia. Y uno de ellos estaba diciéndole a otro —gordo, de gesto indolente, que apenas parecía escucharlo mientras afinaba su charango— que por favor le adelantara algo de dinero. «No he enviado nada este mes, Néstor, qué te cuesta, hombre». Parecía realmente preocupado el tipo, y como era más bajito que el gordo, cada vez que este se movía impertérrito con su charango le dificultaba al otro el encuentro cara a cara, obligándolo a moverse de aquí para allá mientras repetía «qué te cuesta, hombre, necesito enviar un poco de dinero para mi vieja», mientras los otros dos se reían de la situación. Repetía su cantinela machaconamente, ya no para ablandar con argumentos, sino más bien para vencer por cansancio, la estrategia del desesperado, ajeno a las burlas de los otros dos huevones. Pero parece que Néstor no estaba por la labor porque afinaba el charango con una exquisitez cardenalicia y excluyente, como si el otro infeliz no existiera. Había en el gordo un desdén tan fiero, tan pulcramente ofensivo, tan típicamente peruano y clasista, que me trajo hasta la boca del estómago viejos ascos patrios. Y me fui de ahí con un humor de perros, pensando que había dejado abandonado en casa mi librito de Turguéniev, carajo.

24 DE FEBRERO

Cuando recién llegué aquí me llamaba mucho la atención encontrarme, cada vuelta de esquina, con algún conocido. Las primeras veces me quedaba frío: cómo era posible, qué coincidencia, incapaz de asociar la abstracción de la frase «esto es una isla» con su obvio correlato cotidiano. Bueno, Inglaterra también es una isla. Y Groenlandia. Pero me refiero a que la frase «esto es una isla» pretende dar cuenta de la pequeñez de la isla, ¿no?, y en una ciudad pequeña, como es Santa Cruz, resulta relativamente fácil coincidir con la gente. Es cierto que ahora estoy acostumbrado a esos tropezones con gente conocida a la vuelta de un esquina y cada dos por tres, pero no por ello deja de extrañarme lo que me ocurrió hoy a mediodía. Estaba en la parada de las guaguas del cabildo, hojeando distraído el *Newsweek* que acababa de comprar, cuando entre el tumulto de estudiantes y vendedores de *kleenex* me ha parecido reconocer al viejo que me quiso vender un boleto de lotería la otra tarde, hace cosa de un mes, cuando conversaba con Elena en un bar del centro. Seguía con el impermeable grasiento y las zapatillas podridas de la otra vez y se movía entre la gente con unas evoluciones de escualo, como si buscase algo o alguien, blandiendo sus boletos en la mano, pero sin ofrecérselos a nadie. Estuvo a punto de cruzar la calle, hacia los recreativos cutres de enfrente (son de la competencia) y súbitamente se ha dado la vuelta. De pronto nuestros ojos se han encontrado y se ha acercado a mí, como si me reconociera. «Hágame caso», dijo en voz baja blandiendo su cupón ante mis narices, «esta es su oportunidad, aquí está la suerte». Fue como un golpe en la boca del estómago ese «hágame caso», la irracional confirmación de que me recordaba. Tenía los ojos encendidos y un aliento cirrótico que mareaba, pero yo he sido incapaz de moverme un milímetro, extrañamente fascinado por esa convicción de mensajero bíblico que ponía el viejo en sus palabras, pensando vertiginosamente que debía comprar el billete. Pero sin darme cuenta me he visto diciéndole que no, gracias, dándole mezquinamente la espalda. El viejo se ha quedado un momento sin decirme nada mientras yo hojeaba interesadísimo mi revistita de mierda, seguramente vuelta de cabeza. Luego se ha marchado, chasqueando la lengua con el fastidio benevolente que se tiene por un amigo testarudo. Después he cometido una de esas idioteces absolutas contra las que resulta imposible resistirse. Con el corazón a galope, como si estuviera cometiendo un delito, me he visto siguiendo al viejo entre el gentío vespertino, sin saber además por qué lo hacía y temblando al pensar cuál sería su reacción al darse cuenta de que era seguido por el lunático en que yo me había convertido momentáneamente. Ha seguido un camino errante, metiéndose primero en la calle Castillo, serpenteando entre turistas colorados y oficinistas de corbata. Luego ha cruzado por la callecita del Parlamento y se ha dirigido, ya sin vacilaciones, por Pérez Galdós, todo hacia arriba. Yo iba varios metros más atrás, sintiendo un taladro en las sienes, avanzando con una cautela ridícula, cuando lo he visto girar súbitamente en una esquina. Esperé unos segundos —fumando un cigarrillo que inexplicablemente tenía entre los dedos— y he girado por la misma calle. Nada. Se había esfumado. Era imposible que el viejo hubiese recorrido los cien metros de aquella calleja hasta alcanzar la siguiente esquina en tan poco tiempo, pensé avanzando despacio, como en un sueño. Ya estaba por pensar que acababa de vivir una de esas historias que mejor no se cuentan cuando he reparado en una casa abandonada que hay entre una pastelería y una tienda de música. Entonces todo ha cobrado el orden inocente de lo cotidiano: los bocinazos, el ajetreo de las tiendas, el ruido de copas y vasos en el bar de la esquina. Di la vuelta ofuscado, pensando que en lugar de estar a esa hora en La Laguna para averiguar el asunto de convalidaciones en la universidad, había perdido miserablemente el tiempo: entonces casi me he dado de bruces con Enzo. «Te he estado buscando», me dijo con toda tranquilidad, al parecer más acostumbrado que yo a los sistemáticos tropezones insulares. «Claro», le contesté con sorna, pero el uruguayo no captó el matiz. «¿Un cortadito?», dijo mirando aquí y allá, con ese aire esquivo que adopta Enzo a la luz del día.

Fuimos al primer bar que encontramos, allí mismo, en la esquina. Venía de comprar unos compactos, me explicó mostrándomelos cuando nos sentamos a la barra, como si yo dudara de su palabra. «Es por la flaca, ¿sabes?», me ha dicho bebiendo un sorbito de su cortado. Intenté descifrar la expresión de sus ojos detrás de los lentes ahumados, pero, como siempre, me ha resultado imposible. «¿Qué le ocurre?», pregunté con cautela, pensando en la otra noche. «Pasa que se ha enfadado mucho conmigo por un entripado personal que hemos tenido hace poco. Y no sé qué hacer para que vuelva». «¿Cómo que para que vuelva? ¿No es ella la dueña de la casa?». Enzo se volvió a mirarme despacio. «Sí, pero me ha dejado una nota diciéndome que se va con una amiga una temporada y que cuando regrese quiere que recoja mis cosas y me marche». «¿Tan grave es lo ocurrido?». Enzo resopló, jugueteando con el vasito de cortado. «Sí. No, en el fondo no es para tanto, che. Verás —dijo bajando mucho la voz y acercándose a mí—: pasa que la flaca creía que estaba embarazada y yo le dije que eso no podía ser, ¿sabes? Que no estaba preparado para traer un gurí al mundo, joder. Y ella se lo tomó a mal. Y al final resultó todo una falsa alarma. ¿No es una putada?». «¿Qué es una putada, Enzo?». El uruguayo se volvió otra vez a mirarme, extrañado. «¿Cómo que qué? Lo que te estoy diciendo, hombre, no sé. Todo. Todo es una putada», aplastó rabiosamente el cigarrillo contra el cenicero y miró hacia la calle. Recordé aquella charla en la parada de las guaguas, cuando me confesó que no estaba enamorado de Elena, y sin embargo le pregunté: «Tú la quieres, ¿o no?». Sentí que me ardían las mejillas. Vaya preguntita, chica Cosmo. Enzo encendió otro cigarrillo y le dio una larga calada antes de contestar. «No sé, supongo que sí. Además, estábamos tan bien últimamente... Una relación tranquilita y todo eso. Yo no soy muy de faldas y ella es flor de piba, ya sabes, y la casita es estupenda. ¿Tú has estado? Sí, claro, qué boludo, tú has estado. Está muy cerca del puerto y todo,

¿verdad que está muy bien? Su madre se la piensa regalar. Y yo ya estoy cansado de ir de aquí para allá, loco. En el fondo necesito estabilidad, un lugar donde echar raíces». «¿Por qué me cuentas todo esto, Enzo?». «Tienes que ayudarme, loquito. Ella te tiene un gran cariño, ¿sabes? Y mucho respeto. Si tú hablas con la flaca, tal vez...». «Estás loco, Enzo», dije levantándome y poniendo unas monedas en la barra. «Mira, tengo que irme, ¿vale? Ya conversaremos en otra oportunidad, pero no me pidas que hable con Elena de estas cosas. Por favor. Chau». Debí dejarlo frío. Si fue así ni me enteré porque salí del bar sin escuchar una palabra.

Luego he dado vueltas por Santa Cruz, entristecido y asqueado, pensando alternativamente en Elena y en Enzo, descubriendo sorprendido que la bronca envenenada que me quemaba en el pecho no era para Enzo, claro que no. No fui capaz de decirle nada. ¿Pero qué le podría haber dicho? No sé, pero qué asco. Me he sentado en una banca del parque del Príncipe y he encendido un cigarrillo que ha dejado en mis labios un sabor a hierba reseca y he murmurado: qué asco, sin saber —o sin querer— entender a quién me refería. Sí, claro que lo sé.

2 DE MARZO

Una patada en la boca del estómago, Manolito Betancor. Ayer bajábamos con Capote por la rambla Pulido, conversando tranquilamente sobre lo divino y lo humano. El hombre estaba contento porque la novela va caminando y a ese ritmo podría tenerla lista en unos cuantos meses. Del Premio Canarias no quiere ni hablar, se pone hecho un basilisco si apenas se insinúa el asunto, de manera que yo hago como si ni siquiera supiera deletrearlo y entonces tenemos la tarde en paz. De pronto, al llegar a la plaza Weyler, Capote ha exclamado bajito: «Ay, mi madre», interrumpiéndose de lo que me estaba contado y yo he levantado la vista, alarmado. En una mesa del quiosco que hay allí estaba Manolito Betancor en compañía de un par de pitucas de mediana edad. Ha levantado un brazo con gestos innecesarios de náufrago —porque era imposible que no lo viéramos— exultante y feliz: nos ha invitado a sentarnos un momento a su mesa, con gran despliegue de venias y gestos, aquí tenían a un gran escritor canario desperdiciado, explicó a sus acompañantes al hacer las presentaciones: José María Capote era lo más brillante que había parido la literatura canaria en los últimos veinte años, pero hacía diecinueve que no escribía una línea. Carcajada general, incluyendo la de Capote, por supuesto. «¿Una copa?», dijo Betancor. «Ginebra», pidió Capote al camarero. Luego encendió uno de sus apestosos cigarrillos negros. Una de las mujeres acercó su finísima carita de perro pequinés y entre parpadeos coquetos preguntó sorprendida si acaso era el autor de *Malaquita*, que, por cierto, le había encantado. Capote la miró a los ojos y sonrió divertido, a él también le parecía una estupenda novela, pero lamentablemente no era suya. La carita de perro pequinés se compungió toda y dijo ay, entonces qué era lo que había escrito, porque su nombre le sonaba. La otra mujer dijo que a ella también le sonaba de algo. ¿Escribía en el periódico, verdad? «Pero, niñas», dijo Manolito extendiendo unos brazos histriónicos que pretendían abarcarlo todo: «Capote es el autor de *El Sumidero*, una excelente novelita que se publicó a finales de los setenta, aunque claro, los buenos escritores no siempre son los más conocidos». Pero, agregó con un entusiasmo de prestidigitador, Capote era además un reconocido periodista radial, aunque hacía mucho que no trabajaba en la radio, ¿verdad? «Ni en la prensa escrita, tampoco», dijo Capote bebiendo un sorbo gordo de su ginebra y echando una bocanada de humo. Lo que era una lástima, se apesadumbró Manolito Betancor: por cierto, tenía que venir de invitado a su programa un día de estos, estaba teniendo una audiencia realmente a-co-jo-nan-te en los últimos meses, a ver si hablaba un poco de esa novela que estaba escribiendo. Capote levantó de golpe la cabeza y la cara de Manolito se arrugó con candor, hombre, por supuesto que estaba al tanto de la propuesta de Justo Martín, a González Padrón y a Francisco Negrín también les había dicho algo parecido, pero ellos no le hacían mucho caso, ya se sabía cómo era Justo con dos whiskys de más. «Claro», dijo Capote oscurecido, pero ya Betancor se había vuelto hacia sus amigas para contar divertidos cotilleos sobre Justo Martín, él lo conocía de toda la vida, ¿en serio? Claro que sí, eran grandes amigos, empezó a explicar, siempre con ese tono confidencial y al mismo tiempo ligero que parecía encantar a las mujeres. Una patada en la boca del estómago, Manolito Betancor.

6 DE MARZO

Cada vez me cuesta más escribir en este cuadernito. Esto que empezó como un inocente juego de espejos, un pequeño ejercicio de reconocimiento ante mí mismo, ha resultado ser una mascarada de intimidad, incluso cuando he creído estar confesándome esas cuestiones que no admitiríamos ni a cañonazos en otro momento. ¿A qué carajo tanto reparo para ventilar ciertas cosas, para escribir, sin que el pulso tiemble, todo lo que tácitamente convine en escribir? Escribir (escribirme) es avanzar por un campo minado; yo que pensé que era un alivio, un consuelo, una forma mínima y decente de entablar pequeñas charlas conmigo mismo y no: soy mi propio acoso, me busco y ausculto las secretas excrecencias de la rutina, pero siempre con la espantosa impresión de que no estoy terminando de decirme ciertas cosas, de que no soy ni seré capaz de hacerlo. Me siento como esos exiliados voluntarios —si acaso ya la misma frase no entraña contradicción— que no hallan sosiego en ningún lugar porque en el fondo no han roto amarras con lo único con que nos es imposible romper: con nosotros mismos. Al principio, cuando empecé este cuaderno, me daba pudor hasta nombrarlo diario: más bien cuaderno de bitácora, manual de instrucciones para enfrentarme a la soledad y saber cómo lo hago y sobre todo por qué lo hago. Uno va escribiendo con cierta soltura, con la alegría inocente de quien no sabe con precisión qué es lo que está haciendo, como tantas cosas en la vida, hasta que se establece la rutina y con ella la servidumbre que permite su existencia. De manera que me sentaba aquí, donde normalmente escribo, en la mesa de la cocina, y encendía un cigarrillo que acompañaba —y acompaña— estos diez o quince minutos habitualmente nocturnos para registrar de manera liviana lo que me iba ocurriendo durante el día, probablemente porque desde que llegué a la isla me ha acechado el temor de desaparecer en mi propia rutina, de ser devorado por la ausencia de objetivos vitales, de esa renuncia a la que me entregué con firmeza nada más salir de Lima. Y pensé que el cuadernito de marras era una buena manera de mirar con neutralidad y hasta un poco de sorna el acontecer mínimo de mis días en estos años extravagantes que estoy viviendo, sin saber exactamente si volveré a Lima o partiré con mis bártulos a otro lado, no lo sé y en el fondo me da igual. Lo único que me aturde es que cada vez me resulta más difícil escribir sobre ciertos asuntos que me dan vueltas como un enjambre molesto de abejas y temo hasta nombrarlos porque hacerlo sería admitir que ya no soy del todo dueño de mí: esa desdichada forma de echar raíces que es la debilidad por lo que no nos pertenece. Me cuesta, por ejemplo, escribir «Elena».

9 DE MARZO

Malos días para Capote. Ayer noche salí inusualmente temprano del recreativo —es decir, casi diez minutos antes de la una de la mañana, mi hora habitual de salida en turno de noche— y decidí dar una vuelta por ahí. Uno resulta ejercitando cierta servidumbre inconsciente respecto a sus lugares habituales, como si alejarse de ellos fuera arriesgarse demasiado a perderse en uno mismo. Últimamente me siento así: arriesgándome constantemente a perderme, a ser tragado en no sé qué abismo existencial, y por las noches me cuesta conciliar el sueño, me quedo fumando en el balcón como si estuviera esperando algo o alguien decisivo, algo o alguien cuyo nombre y función exacta desconozco y que sin embargo me resulta vital, o me acuesto a leer durante un buen rato hasta que comprendo que las páginas del libro han sido apenas una excusa para transitar por ese laberinto de silencio en el que me sumerjo sin saber muy bien a dónde conduce.

De manera que recalé en el Metro y ahí estaba Capote, nublado, bebiendo whisky, fumando sus apestosos cigarrillos negros. Mal momento para encontrarnos, pensé, advirtiendo además que había sido intencional, que quería charlar un rato con alguien y lavarme un poco ese regusto de zozobra que me ha dejado la charla del otro día con Enzo y el no saber nada de Elena desde hace tiempo. «¿Cómo va la novela?», le dije sentándome a su lado. Capote hizo un gesto esquivo, apuró su copa de un trago y pidió otro whisky. «No he podido escribir nada. Ni una línea. Además, no sé para qué carajo continuar». Inusual en él tanta explicación. En momentos así mejor quedarse callado, evitar exhortaciones inútiles, frases de aliento. Pedí un whisky también y bebimos en silencio. En Capote hay algo siniestro cuando se pone a beber de esa manera, con esa metódica aplicación que he conocido en algunos hombres, como si fueran presa de un vigoroso y letal empeño erosivo del que no pueden escapar. Hace mucho tiempo que no lo veía así y no creo que se trate solo de aquella charla con Manolito Betancor, el otro día. Capote vive solo desde hace años, desde que murió su mujer. Es un tema que nunca hemos tocado más allá de lo superficial, pero qué no se sabe en la isla, basta transitar apenas algunos pagos para terminar conociendo la vida de los otros, como si cada comentario, cada chisme fuera la pieza del puzle que vamos encajando poquito a poco y a expensas de nosotros mismos hasta que de pronto un buen día, sin el alarde de una iluminación llameante, nos damos cuenta de que tenemos entre nuestras manos un retazo importante de la biografía de un desconocido, un croquis o un bosquejo bastante exacto más bien, de esas líneas de tensión que recorren la vida de un individuo a quien apenas conocemos.

Con Capote nuestras charlas se limitan a literatura y política y a algunas anécdotas triviales, porque él tampoco pregunta mucho por mi vida, como si le horrorizara intimar, cosa que en el fondo me complace porque yo tampoco quiero intimar. Y poco más. Las veces que ha mencionado a su mujer han sido apenas las justas para que yo me hiciera una rápida composición de lo mucho que él la quería. Hay un brillo intenso en sus ojos que no se corresponde a la estudiada ligereza de su voz cuando habla de ella, como si fuera inevitable mencionarla para reordenar su pasado. «En Londres, con Elisa iba mucho a un teatrito que quedaba cerca de Greenwich...» o «A Elisa le gustaban mucho esas flores». No es que la mencione mucho, al contrario, apenas aparece en nuestras charlas, pero cuando lo hace, ya digo, hay un énfasis especial en su voz que lo descubre vulnerable y vencido. Sé que ella era profesora de Filología Inglesa en La Laguna, que era de Santander y poco más. Pero la voz que suavemente la nombra me la revela como una de esas mujeres especiales que hacen que valga la pena vivir. Cuando murió, hace diez o doce años, Capote dejó su trabajo en el instituto donde daba clases y se fue a París, donde estuvo unos años, creo que de corresponsal para un periódico peninsular, no sé cuál. Regresó a enterrarse en la isla, porque desde entonces no hace nada, salvo vivir de unas rentas pasables y de una bien ganada reputación de lúcido intelectual. Pero el tiempo pasa y él lo sabe. Por eso anoche sucumbió a una lenta borrachera silenciosa en la que yo creía salir sobrando, sin embargo, al cabo de una interminable media hora de mutismo y cuando hice un imperceptible movimiento para levantarme, pagar e irme, me cogió del brazo sin dejar de mirar su whisky. Y eso bastó para que me quedara a su lado hasta las tantas, embargado por la extraña sensación de estar velando a alguien.

11 DE MARZO

Increíble, realmente increíble. Ayer salí del mercado con mis compras semanales y pasé cerca de la pensión del profesor: sin ninguna alarma, sin ninguna extrañeza, con total naturalidad, vamos, me encontré subiendo las escaleras y tocando a su puerta. Como si fuéramos dos viejos compinches de toda la vida. Solo cuando vi su rostro perplejo y erizado de cañoncitos grises, su camisa de cuadros algo ajada y sus manos nudosas, he cobrado absoluta conciencia de lo que había hecho. Pero ya era tarde para escapar, de manera que compuse mi mejor sonrisa desenfadada hasta que me dolieron las mandíbulas y he dicho: «¿Qué tal, profesor? Mire, venía a ver si quería tomarse una copita conmigo», y saqué de una de las bolsas una botella de whisky, cogiéndola por el cogote, exactamente como un prestidigitador saca un conejo de su chistera. El profesor me clavó sus ojos miopes que baileteaban detrás de las gafas y por un momento me aterré pensando a velocidad de vértigo que no me reconocía, que en cualquier momento me echaba de allí con cajas destempladas. Pero no: «Claro que sí, pase usted por favor», me dijo haciéndose a un lado obsequiosamente.

Todo el día estuve pensando en esa visita sorpresiva —sorpresiva para él, pero más aun para mí— y sin embargo cálida como una mano en el hombro. El profesor se apresuró a descorrer las cortinas, supongo que como deferencia a mi inesperada visita, y apagó la radio que crepitaba en un programa de tertulia vespertina. Venciendo el horror que me causaba la sensación —¿alguien me puede decir qué carajo hacía yo ahí?— de estar violentando su intimidad y de paso la mía, me he acomodado en una silla fingiendo un desparpajo que no sentía. El profesor acercó unos vasitos y dijo con una voz revitalizada que por fortuna había traído yo el whisky porque el orujo se había evaporado, y al decirlo mostró unos dientes grandes y traviesos. De un bote de cristal sacó unos maníes rancios a los que agregó unas almendritas que también parecían haber conocido mejores tiempos. Pero qué diablos, la cuestión es que yo estaba allí, observándome servir el whisky con cautela en los vasitos. «No hay hielo», advirtió el profesor y yo me encogí de hombros, de manera que él arrastró otra silla y la colocó frente a mí, antes de levantar su copita para chocarla con la mía. Ambos hicimos ruidos aprobatorios y satisfechos, después de servirnos otro chupito, como un par de absurdos catadores, sentados frente a frente. Luego el profesor se ha palmeado ambos muslos y me ha preguntado que qué tal, cómo me trataba la vida. Más bien era yo el que quería preguntar eso, profesor, cómo iba la salud. Ahí iba, dijo chasqueando la lengua, ya a su edad pesaban los achaques, la maquinaria empezaba a desgastarse. Pero tampoco era para tanto, agregó acabando su vasito y extendiéndomelo de inmediato, todavía le quedaban unos cuantos años. Claro que sí, me apresuré a decir yo mientras llenaba su vaso y el mío.

«¿Cómo lo trata la Madre Patria?», me preguntó al cabo de un momento de silencio. «Buena pregunta esa», me oí decir, sorprendido de la naturalidad con la que hablaba con este viejo profesor con el que apenas he cruzado unas cuantas palabras. «En realidad, bastante bien: hay trabajo y eso es lo importante». Por los ojos del profesor se deslizó una nube gris y yo me maldije por ser tan descuidado, pero también comprendí que resultaba irreconciliable querer conversar con él distendidamente y no tocar ciertos temas. Además, hubiera sido peor intentar que la conversación describiera una cortés parábola hacia asuntos inofensivos, de manera que me lancé a la piscina: «¿Y sus alumnos?, ¿cómo le va con las clases?», dije bebiendo mi whisky de un sorbo, como si el trago ocultase la frase o le amortiguara su carácter inoportuno. El profesor miró el fondo de su vasito antes de llevárselo a los labios. «No muy bien últimamente. Pero es comprensible: hay muchos profesores particulares hoy en día y los chicos prefieren gente más joven, gente con la que se sientan más en onda, como dicen ahora». Iba a protestar, pero el profesor se encogió de hombros. Tampoco era para tanto, agregó, con la pensión uno podía defenderse si encontraba la manera de hacer economías. Y ya vendrían tiempos mejores. Dijo eso y yo no quise ni imaginar las economías del profesor. «¿Y usted, en qué trabaja, mi amigo?», preguntó sacando un paquete de tabaco del bolsillo de su camisa, ¿yo fumaba?, él no podía dejarlo. Encendimos los Kruger y saboreamos aquel tabaco áspero y mohoso un momento, antes de que le contara lo del salón recreativo, el bullicio, Manolo el ángel vengador, esas cosas que componen mi rutina. «Seguro conseguirá algo mejor, ya verá», dijo el profesor llenando los vasitos de whisky. «Se ve que usted es una persona preparada y con un poco de paciencia encontrará un buen trabajo». Entonces descubrí fastidiado que en mi tono aparentemente trivial se había filtrado un punto de amargura o de desengaño.

Luego hemos conversando de todo un poco —le interesó vivamente Capote y su novela (José María, no Truman) no la conocía, tendría que leerla—, dándonos sin querer recíprocas muestras de aliento y camaradería, y nuestros pequeños esbozos biográficos han tenido un aire extraño, como si en realidad hubiéramos estado poniéndonos al día después de mucho tiempo. Luego hemos tomado un par de copas más y me he levantado. «No se deje la botella», ha dicho el profesor mientras yo recogía las bolsas de mi compra. Le respondí, quizá ablandado por el propio whisky, que la dejaba allí para mi próxima visita. El profesor ha esbozado una sonrisa de hipopótamo y me ha dado dos palmadas en la espalda. «Vaya con Dios», ha dicho desde su puerta, con ese acento peninsular que le daba a la frase un registro medieval, de protocolo antiguo. Al salir a la calle respiré un poco, aturdido seguramente por el whisky a palo seco. Y porque creo que he hecho un amigo.

14 DE MARZO

Hoy por la mañana venía de revisar mi apartado postal, más a gusto que un arbusto porque parece que Arturo se decide a visitarme —y eso significa que podré hablar con él largo y tendido— y cuando llegué a casa me encontré una notita de Elena urgiéndome a conversar con ella. Y no quiero. Me niego en redondo. Ya bastante tengo conmigo mismo, me he dicho cerrando tontamente la puerta de mi habitación para releer la notita de letra redonda y azul, un poco aniñada: «Hola. Pasé por tu piso, pero ya vi que no estabas. Estoy en La Laguna, en casa de una amiga y me gustaría conversar contigo. Ya sé que Enzo habló contigo y que en realidad eres su amigo y no el mío. Pero creo que también nosotros lo somos un poco, ¿no? Bueno, no me enrollo más. Me gustaría hablar contigo..., si tienes tiempo, claro. Aquí te dejo mi teléfono y mi dirección. Un beso y cuídate.

P. D.: Cómprate un contestador automático».

De manera que ahora quiere que sea su confidente, me he dicho, de pronto asaltado por un resentimiento pueril, sorprendiéndome al mismo tiempo por esta actitud. Pero no lo puedo evitar: me jode que la gente me vea como una oreja, como un contestador automático, qué sé yo. Toda la tarde he estado furioso porque a Elena le interesa de mí esa parte residual de la camaradería que es el consuelo, cuando este es solicitado así, como si fuera un servicio parroquial y no uno de los muchos afluentes naturales que tiene la amistad bien entendida. Soy pues, para ella, un sacerdote laico, la voz amiga, un terapeuta ocasional o, quizá peor, un terapeuta de ocasión. Y sin embargo sé que la voy a llamar y que voy a acudir a prestarle mi torpe auxilio trufado de silencios y perplejidades, porque después de todo me aflige saber que sufre, que ahora mismo debe estar comiéndose las uñas y pensando en Enzo, escuchando cada timbrazo de teléfono como una alarma que le hace pegar un brinco al corazón, preguntándose si acaso se trata de él, si acaso Enzo haya averiguado dónde se encuentra y haya decidido buscarla, hablar con ella, pedirle perdón, flaca, regresa, viviendo ese afán insensato alimentado a partes iguales por la vanidad y el amor, que consiste en desear la vuelta del otro y su solicitud de perdón simplemente para negársela, como si negáramos el pan y la sal, un recordatorio de que nuestra herida es profunda y no sabemos aún si podrá cicatrizar, pero tampoco podemos vivir con la indiferencia del otro: así estará ahora Elena, acosada por una jauría de temores, seguramente tumbada en una cama, mirando hacia el techo mientras fuma y en la cama de al lado su amiga también fuma o se pinta las uñas de los pies e intercambian pareceres, consejos, confidencias y temores. O quizá no, y por eso me llama, porque su amiga no lo es lo suficiente, o no lo es de la manera que ella necesita que lo sea en estos momentos y yo soy un vínculo endeble y menor, pero vínculo al fin y al cabo de su relación con Enzo.

Yo sé que no debería ir, que la prudencia lo desaconseja y que el orgullo tomará esta claudicación como una afrenta, que acudir a su llamada perentoria y urgida es la mejor manera de buscarme un problema que no me corresponde, pero desde que desdoblé la notita y entendí que era de Elena casi antes de leerla, supe que no hay prudencia que valga, que estoy condenado de antemano, como lo está un pez que nada a contracorriente, afanoso e incapaz de desobedecer una pauta inscrita en lo más profundo de su ser. Y es horrible sentirse así.

16 DE MARZO

Es extraño: desde mi balcón se ve siempre la luna y aunque cuando está llena resulta incluso molesta porque entra en la habitación una claridad exaltada y bíblica, que no logro atajar, me he encontrado últimamente atento a sus fases, pero por nada en especial, sino porque últimamente suelo fumar por las noches apoyado en el balcón y resulta inevitable verla aparecer, con ese perfil esmaltado, como un perfecto recorte de uña, que a medida que pasan los días se va ensanchando, redondeándose como el vientre feliz de una embarazada. Y yo que siempre he sido un animal de asfalto, crecido entre edificios y atascos de autos, ajeno por completo a estos mecanismos celestes, de pronto descubro germinar dentro de mí un viejo placer ancestral —tampoco es que me vaya a comprar un telescopio, vamos—, una atención más bien agrícola por la trayectoria de la luna, que no me sirve para nada y sin embargo me reconforta: allí está otra vez, la que se quiebra. El druida que todos llevamos dentro, seguro. Pero es más o menos como me pasa con el profesor.

Conversando el otro día con él, he caído en cuenta de lo mucho que echaba de menos charlar, pero no como con Capote, con quien desde hace tiempo cualquier tema desemboca en el infortunio donde va cavando a paletadas su soledad, ni como con Enzo, con quien ya no tengo ganas de ni tomarme un café, ni con Elena, a quien me aflige tanto volver a ver (y no debo prolongar más mi llamada), porque conversar con ellos tiene siempre un lastre atormentado, como si me eligieran solo para hacerme partícipe de sus desdichas. Pero con el profesor había rescatado el antiguo placer de conversar por conversar, sin más atenciones que las que se prodigan dos camaradas. Un placer elemental, exento de reivindicaciones. Al menos así era hasta hoy, cuando la señora Maruca, que es la dueña de la pensión, creo, se me acercó al verme subir en busca del viejo y me soltó: «¿De manera que usted es el sobrino venido de Sudamérica?», y yo tardé un segundo en comprender de qué hablaba. Felizmente la señora Maruca, que tiene en la mejilla un lunar de carne espantoso y usa unos escotes que muestran un pecho ajado y temblón como un flan, parece afecta al monólogo, porque no me dejó encajar ni una frase y continuó con el zureo de su cháchara: «Qué bien que el profesor tenga algún familiar junto a él, porque usted es la primera persona que viene a verlo en años». Lo lamentable del asunto es que en la puerta de su habitación estaba el profesor y me ha saludado confundido, humillado como un niño, y he sentido una lástima inmensa por él, y también por mí. Nos hemos sentado como en estos últimos días, frente a frente y hemos servido lo que queda del whisky en nuestros vasos sin atinar a decirnos nada. «Usted sabrá disculpar el atrevimiento», ha empezado a decir el profesor con una voz demolida por la vergüenza, sin mirarme, acomodándose los pelos albos de su cabeza, «pero un vejete como yo, que no tiene ya familiares...». «Por favor, profesor —le atajé sirviendo el whisky—. No tiene ninguna importancia. Mejor dicho, sí, claro que la tiene: para mí es un honor, ¿sabe?». El viejo levantó la mirada bruscamente, como dudando de mis palabras, pero al momento ha sonreído, con sus ojos siempre aguados: «Usted es muy amable». «Déjelo. Me parece que a este paso se nos va a acabar el whisky», le dije sacando de la bolsa del supermercado otra botella y unos maníes que por lo menos son de esta década y el profesor ha vuelto a sonreír. Después hemos conversado como siempre de todo un poco, de mi país, por el que el profesor manifiesta una admiración que se remonta probablemente a los escritos dejados por el barón Humboldt y entonces es menester ponerlo al día; de la guerra civil y las terribles privaciones que estragaron España en esos años turbulentos que ahora, desde estos tiempos europeos y bondadosos, parecen un episodio donde se confunden Sagasta y Sanjurjo, Azaña y Carlos III, imágenes en blanco y negro con la vibrante entonación patria de los godos de hace treinta años. Y cuando me he ido de su casa, ya en la calle, he pensando en lo que le dije y sí, claro que es un honor.

17 DE MARZO

Yo sé que resultaba inevitable, que tarde o temprano tenía que suceder, porque vivir en un lugar pequeño consiste en estar condenado al vaticinio de los reencuentros y los tropiezos accidentales o buscados. Y sin embargo cuando ocurren —los primeros, claro— nunca nos hallan preparados para saber cómo afrontarlos. Ayer decidí pasarme por el Búho, porque era martes y casi nunca hay mucha gente allí, sobre todo temprano, cuando Soto, Alfredo o Mónica acaban de abrir y eligen música suave, preteridos temas de *dixieland* que ya a casi nadie gusta oír por mucho tiempo, y entran al local parejas de enamorados o solitarios esquivos que beben mojitos o cervezas o whiskys con agua.

Había estado en la universidad para que me detallaran los infinitos movimientos burocráticos que me permitirían convalidar el título —si es que en algún momento me decido a hacerlo—, luego fui a la biblioteca a leer un rato, y al salir ya de noche me encontré sin muchos ánimos para regresar a casa, a terminar este día libre sin mayores perspectivas de nada, de manera que me puse en la cola del bus que lleva a La Laguna, tiritando de frío entre los estudiantes bien abrigados que salían de clase, dispuesto a disfrutar de un *bourbon* que me calentara un poco los huesos, escuchando buena música y en silencio. Detrás de la barra estaba Mónica, la dulce Mónica con su acento madrileño a ultranza que tanto me divierte y me hace pensar en zarzuelas y cosas más bien castizas y llenas de zetas, Mónica contándome entusiasmada que probablemente expondría unos cuadros suyos en la galería de un amigo y que esperaba que eso la ayudara por fin a salir de tantos apuros, arrebatos flamígeros de su irreductible vocación artística que yo atendía cortésmente cuando escuché una voz a mis espaldas, «¿se puede?», y era Carolina que tiraba suavemente del taburete a mi izquierda. Carolina. Qué cara habré puesto, Señor, porque sonrió despacio y agregó casi en un murmullo, como siempre habla ella: «¿Qué? ¿Te saqué de las nubes?», mientras se sacudía un poco el abrigo de piel algo lloviznado. Sí, claro, confesé moviendo mi whisky, no pensaba encontrármela allí, y menos un martes. A Carolina el Búho nunca terminó de gustarle mucho. «Ya», dijo antes de pedirle una Coca-Cola a Mónica, que se volvió hacia ella con una sonrisa traviesa en los labios, mirándome de reojo mientras secaba unos vasos, toda oídos.

Ay, carajo, cómo son estas cosas. Yo había dejado de verla casi un año y sin embargo, en el momento en que se sentó a mi lado, se modificó bruscamente mi perspectiva del tiempo, de pronto fue como si apenas nos hubiéramos dejado de ver una semana o así. Pero, a la vez, de manera tan repentina como dolorosa supe que ya nada era igual, como si la tristeza o la melancolía que me había dejado su ausencia hubiera eclosionado con toda su insoportable nitidez en aquel momento, dejándome ese alivio terrible del que sabe ya por fin que no hay esperanza y eso que es espantoso también tiene un lado bueno, porque significa que cualquier lucha, ahora sí, es estéril e infructuosa y viene el abandono, la extraña paz del vencido.

Carolina indagó delicadamente por cómo me iba, dónde vivía ahora, a qué me dedicaba, y yo contesté sin ambages a todas y cada una de sus preguntas, sin matizarlas, pero sin permitir que en mis respuestas escuetas se filtrara la descortesía del hermetismo. De pronto miré la mano tibia y reflexiva que había abandonado sobre la barra, esa mano que alguna vez se había cobijado entre las mías o había dado cobijo a las mías, que había acariciado primero conociendo y luego confiada, amable, cotidiana, entregada al amor y a la familiaridad y que ahora era una mano inhóspita sin ser dura, simplemente ajena como la de un desconocido, probablemente alarmada si yo intentaba rozarla con mi mano, tan cerca de la suya. La infinita geografía de una mano querida. «Deberías convalidar tu título. No puedes seguir siempre así», oí que decía, bebiendo un sorbito de su gaseosa. «Sí. Lo sé», le dije sin añadir que precisamente en ello estaba. «¿Y qué tal tú?», me atreví a preguntarle después de un momento de silencio, justo cuando ella miraba hacia la puerta del Búho. Hizo un ademán ambiguo con los hombros; «bien, igual que siempre», creo que murmuró antes de hacer un gesto de pagar que atajé bruscamente, rozando su mano, su mano querida y ahora inhóspita: se inclinó hacia mí para darme un beso en la mejilla, olía vagamente a su perfume de siempre, ese perfume cuyo nombre advertí con desfallecimiento irracional que yo no sabía, me tenía que dejar, agregó, y yo, sin poder evitarlo, volví la vista hacia donde ella miraba. Era un tipo delgado y muy pálido, tenía unas entradas enormes que presagiaban la inminente calvicie, llevaba gafas algo anticuadas y una chompa oscura de cuello alto, como de cineasta francés. Traía un periódico bajo el brazo. Al ubicarla sonrió y le hizo un gesto con la mano, señalando una mesa donde se acomodó estirando las piernas holgadamente. «Te tengo que dejar», insistió Carolina apretándome el antebrazo como si quisiera decirme algo más con ese gesto repentinamente íntimo y caluroso, y su frase inocente me golpeó de pronto, como si tuviera un sentido más profundo o dramático, te tengo que dejar. Se acercó a aquel hombre que la esperaba confiado y que me había mirado con un interés genuinamente mínimo —un amigo, un conocido de tantos, pensaría— y le dijo algo que no escuché. Él se encogió de hombros, dobló primorosamente el periódico y se levantó para seguir a Carolina, que ya alcanzaba la puerta. Desde allí ladeó un poco la cabeza y me hizo un adiós tímido de novicia, un adiós más propio para hacerlo desde la barandilla de un barco que desde la puerta de un bar, y yo me quedé pensando que de ahora en adelante, cuando la recuerde, su imagen siempre será esa: con su abrigo de piel ligeramente lloviznado y su mano tímida diciéndome adiós, adiós, adiós. Y fue, ya digo, extrañamente un alivio. La paz de los vencidos.

18 DE MARZO

La verdad, me preocupa el profesor. Últimamente lo he encontrado más apático, haciendo verdaderos esfuerzos por ofrecerme su amabilidad de anfitrión, su sonrisa lenta y senil, y me he preguntado si mis visitas no terminarán por convertirse en un estorbo, en el fastidio de quien quiere entregarse con plenitud a la tristeza. Así lo he encontrado hoy, reseco, sin ganas de conversar, pese a sus educados esfuerzos por seguir el cauce de la charla. Y no me he ido de inmediato porque detrás de esa apatía hay una especie de apremiante y sordo llamado de auxilio. No creo que sea la razonable preocupación económica que debe acosarlo, sino un escollo más difícil aun de sortear: la necesidad vital y comprensible de sentirse vivo. De los alumnos, ni rastro.

19 DE MARZO

Sí, vale, de acuerdo: Arturo vendrá a visitarme y seguramente nos pondremos al día sobre nuestras respectivas vidas en estos últimos años. Pero no me hago muchas ilusiones. He releído sus dos cartas, sobre todo la última, con la firme promesa de reubicar a mi amigo en su nuevo contexto londinense y solo me he encontrado con un desconocido: era la carta que escribe el rehén obligado por una pistola apoyada en la nuca. Había en su ligereza algo ofensivo, como si en realidad no hubiera alegría por lo que cuenta de su nuevo trabajo, sino un alarde de alegría. Un alarde chusco, además. Setenta y cinco líneas y nada sobre su vida, apenas la cáscara de su vida: el año pasado consiguió unas entradas para ver a Becker en Wimbledon, su piso es pequeño y carísimo, en Londres se respira verdadero cosmopolitismo, estuvo saliendo con una chica romana muy buena pero aquello acabó porque ella era *au pair* y regresó a su Italia de los cojones, los ingleses están todos locos, debería verlos. Hace un par de

meses estuvo en el *cottage* de un amigacho escocés. Punto.
Ni una palabra sobre cómo se siente, cómo ha llevado estos
años durísimos, nada, en fin, que me habría contado Arturo
en otro tiempo. Como si tuviera una pistola apoyada en la
nuca, triste rehén de sí mismo. En estos días tendré que pasar a comprar una camita de esas plegables para el visitante,
no podía ser menos, en mi *cottage*.

20 DE MARZO

Quién nos entiende. Después de luchar tontamente en una
batalla que de antemano sabía perdida contra la prudencia
y contra el orgullo que tomaría esta claudicación como una
afrenta, decidí visitar a Elena, que sigue en su refugio de la
calle San Agustín, en La Laguna. También influyeron los remordimientos, claro, porque ella me dejó aquella nota hace
ya casi una semana y hasta ahora ni siquiera le he dado una
llamada. Salí de la chamba, caliente porque me han robado
un candado que cuesta doce mil pesetas y que ya Manolo,
el ángel justiciero, se ha encargado de explicarme que será
pulcramente descontado de mi sueldo, cuando me encaminé sin vacilaciones a la parada de guaguas que me llevarían
a La Laguna. Previamente llamé a Elena para advertirle que
no se moviera de su casa. Contestó ella misma y en medio
del cabreo que llevaba encima por el asunto del candado
no pude evitar sonreír al escuchar su voz, entre cómplice y
festiva. «¡Ah! ¿Eres tú?», oí que me decía como si dudara de
ello o fuera necesario invocar una contraseña previamente
pactada. Sí, le dije, claro que era yo. «Bueno, voy a comprar
unos pastelitos y unas empanadas para invitarte a merendar.

Porque ya vienes, ¿no?». Que sí, que ya iba, que acababa de parar la guagua y la dejaba para cogerla y que no se tomara molestias con los pastelitos y las empanadas, que si había whisky mejor que mejor. Todavía la escuché reír antes de que cortara diciendo que no era molestia lo de los pastelitos y las empanadas. Mujeres, pensé trivialmente, subiendo a la guagua.

Cuando llegué a su refugio temporal de la calle San Agustín todavía estaba medianamente reconfortado porque mientras hablaba por teléfono con ella en su voz no había ese tono triste o famélico que pensé encontrar, el tono de voz de alguien vencido por la angustia y el dolor. Y eso me colocaba en el austero papel de amable interlocutor y nada más. No me costó trabajo encontrar la casa y cuando toqué el intercomunicador su voz sonó de inmediato, seguramente estaba esperándome, bajaba a abrirme, se había estropeado el portero automático, en un minuto estaba conmigo. Apareció mordisqueándose una uña y pensé vagamente que a este paso no le iban a durar nada, y era una lástima porque tiene unas manos bonitas, de huesos elegantes. «Pasa», dijo dándome un beso y luego miró a izquierda y derecha de la calle solitaria. «¿Esperabas a alguien más?», le pregunté con sorna pero no captó el matiz. Se limitó a negar con la cabeza, como si sus pensamientos fueran apremiados por algo que mi presencia interrumpía y aquello me molestó un poquito. Pero ya en el ascensor que trepidó alarmantemente mientras subía, Elena se apoyó contra una pared y me sonrió. «Qué bueno que hayas venido», dijo con un resoplido algo exagerado.

El piso era pequeño y tenía ese desorden acumulativo que hay en las viviendas de estudiantes: muebles económicos y pósteres en las paredes, una mesita de centro donde se quema lentamente una varilla de incienso, un oso o perro de peluche abandonado en un rincón, una pila de cintas de video, algunos libros amontonados en la mesa de comedor cercana, donde alguien ha abandonado las tazas de café del almuerzo, el ruido vecino de la tele encendida. «Siéntate y espérame un momento que voy a poner agua para el té. Te gusta el té, ¿verdad?». Me halagó que se acordara y decidí no confesarle que prefería un whisky, porque en la cocina diminuta había una caja de López Echeto sin abrir. Seguramente acababa de comprar los pastelitos. Me froté las manos tontamente contento y me acomodé en el sofá para mirar las cintas de video mientras ella trajinaba en la cocina. Había una familiaridad extraña entre nosotros, como si mi visita fuera parte de una rutina plácida de amigos que se citan con frecuencia, pensé. Pero de inmediato me vino a la cabeza el uruguayo y me ensombrecí recordando que mi visita no era de cortesía en el sentido estricto de la palabra.

«En un momentito estará el agua», dijo Elena apareciendo con una bandejita de papel donde se amontonaban unos pastelillos variados y esas minúsculas empanaditas de atún o de chorizo a las que son tan aficionados por aquí. Pillé una y la mordisqueé sin muchas ganas pero haciendo gestos aprobatorios. Elena se sentó frente a mí, y pude ver sus piernas de rodillas muy blancas y redondas, las puntas de los pies dirigidos hacia el mismo ángulo, las manos apoyadas en la falda, en ese gesto de pudor y coquetería que usan siempre las mujeres. «Bueno, tú dirás», dejé la empanadilla mordisqueada sobre un platito y la miré directo a los ojos. «El agua», dijo ella sosteniendo mi mirada con sus ojos color miel. Luego se acercó a la cocina y al cabo de un momento de escuchar ruido de cacharros la vi volver al salón con dos tazas y una tetera sobre una bandejita de alpaca. Hemos bebido el té humeante y delicioso —hace tanto que no me entrego al pequeño placer de una taza de té en compañía— sin decirnos mucho, como si estuviéramos concentrados en saborear la infusión y nada más, hasta que Elena ha dejado su taza, se ha limpiado delicadamente los labios con una servilleta y me ha preguntado por Enzo. Me ha preguntado: «¿Qué sabes de Enzo?», con fingida y lastimosa indiferencia, estrujando el oso o perro de peluche que ha rescatado del rincón donde estaba abandonado, mirándome luego de reojo, como si se avergonzara de la pregunta tan pueril. Le dije la verdad, que no lo veía desde aquella vez que me lo encontré en Santa Cruz. Me ahorré explicarle con pelos y señales el tenor de su petición mas no la misma: «Quiere volver contigo, ya sabes», creo que le dije. De pronto empecé a sentirme absurdo allí, frente a Elena que me miraba intensamente, como si cada palabra que componía mis frases tuviera un valor intrínseco, o iluminara de manera distinta lo que le iba diciendo según las eligiera. «Pero yo no quiero volver con él», dijo, levantándose a mirar por esa ventana inútil que daba a un trozo de pared vecina, a un fragmento mezquino de cielo plúmbeo. Y tuve la certeza de que estaba hablando más en serio de lo que ella misma seguramente querría admitir. En el fondo, razoné, Elena solo me necesitaba para eso que estaba ocurriendo, para explicarse y obligarse a cumplir con lo que se proponía hacer. Las mujeres suelen ser así, muchísimo más lentas para elegir, pero también más férreas a la hora de ejecutar sus decisiones. Pensé automáticamente en Carolina. Ella también actuó así. Y sin embargo, hasta hacía poco,

Elena parecía mucho más dispuesta a inmolarse por Enzo. En fin, que después de muchos rodeos me pidió que hablara con el uruguayo, que le pidiera por favor que empaquetara sus bártulos y se fuera de su casa. Todo esto me lo dijo de espaldas, supongo que comiéndose una uña. Luego volvió a sentarse frente a mí, a mirarme con esa intensidad algo teatral que no obstante en ella es más bien natural. «Qué tonta. Seguro querrás un whisky, ¿no? Porque yo también quiero uno», dijo y cogió una botella de Johnny bien camuflada bajo la mesa de la tele. Apuré mi taza de té indicándole que me sirviera un poquito allí mismo, para qué traer vasos. Ella hizo lo mismo y luego levantó su tacita delicadamente, haciéndome salud. «¿Y por qué no se lo dices tú misma? Yo puedo hacerlo, pero mientras tú no te enfrentes con la situación poco habrás adelantado». Elena volvió a levantarse, a mirar por la ventana, como quien indaga por si va a llover o mira lo que hace el vecino. «Ya lo sé. Pero necesito tiempo para enfrentarme a él. No me siento preparada», dijo con una nota de angustia en la voz. Y volvió a llenar las tazas con chorros generosos de whisky.

Me quedé en su casa —en su casa temporal— un buen rato, entregado a una charla cautelosa que el whisky fue volviendo más amable y distendida. Porque la conversación ha ido escorándose poco a poco a otros temas, a sus ganas de retomar, ahora sí, los estudios abandonados, a mi trabajo con los ludópatas —definición que le ha hecho reír sin mucho cargo de conciencia—, a películas que nos gustan a los dos, descubriendo además un montón de tonterías comunes: de pronto hemos estado riendo a carcajadas (el whisky, sin duda) y ella se ha desmadejado en el sofá frente a mí, apoyando ambas piernas en el brazo del sillón y levantándolas sin recato para dar patadas al aire cada vez que reía, mientras jugueteaba con el perro o el oso de peluche, y yo veía sus piernas largas y muy blancas, destapadas hasta los muslos sin que a ella le importara mucho. Ni a mí tampoco. Así nos ha encontrado Iballa, la dueña de casa, que ha mirado perpleja y algo vacilante las tazas, la botella medio vacía, las mejillas arrebatadas de Elena cuando se ha levantado trabajosamente para hacer las presentaciones. «Borracha, estás borracha», le he susurrado bajito al oído cuando después de que Iballa se acercara a darme un beso en la mejilla, yo ya me iba, dije, y Elena se ha llevado un índice a los labios para contener una carcajada, exactamente como hacen los borrachos de vodevil. La verdad, algo piripi sí que estaba. «Gracias», ha dicho ya con la mano en la puerta, los ojos brillantes. «Me ha hecho muy bien conversar contigo». Estábamos muy cerca y a mí me ha parecido —el whisky, el whisky sin duda— tan natural levantar la mano y ponerle dos dedos en su mejilla tibia, aunque después los he apartado justo cuando Elena retiraba muy suavemente el rostro. «Ya nos vemos, ¿vale?», ha dicho cerrando la puerta como en cámara lenta, desapareciendo poco a poco su rostro sonriente. Ahí me he quedado yo, respirando trabajosamente en el rellano de aquel piso oscuro, recorrido por olores de encierro.

21 DE MARZO

Los recreativos son realmente una mina de oro, pero no solo porque traficar con los vicios siempre ha sido enormemente lucrativo y los ludópatas son gente fiel que cree no tener ningún problema (a veces se permiten un honesto fastidio al mirar con un poco de asco hacia la puerta cuando entra un drogata o un borrachín extraviado al salón. Algunos me alientan incluso a que los eche). Lo son además, al menos en el caso concreto de mi empresa, porque explotan a los currantes con una devota alegría de negreros del siglo XIX, entregados a brutalidades que uno creía extinguidas en el Congo del rey Leopoldo. Paco Ferrera, el amigo que me cedió su puesto —es un decir, claro—, cuando abandonó los recreativos, me contó que su entrevista de trabajo empezó con una primera pregunta: si estudiaba o no. Paco juró que no, lo que pareció tranquilizar al entrevistador, probablemente el mismo dueño o Manolo, el ángel justiciero. Cuando pasó el examen, consistente en preguntas humillantes y más propias de un servicio militar sudamericano, el entrevistador resumió la filosofía empresarial diciéndole: «Aquí al trabajador le damos pan y mierda. Si se porta mal, le quitamos el pan». Paco jura y rejura por sus muertos (es andaluz) que fue así, palabra por palabra. Me lo advirtió el mismo día en que me interesé por el trabajo y creí que exageraba, sobre todo después de pasar la entrevista, chusca y soez, pero tampoco nada tan terrible.

Me encanta dar rodeos: hoy, después de pasarme un rato por casa del profesor, fui a comprar la cama plegable para Arturo en esa ferretería que está justo en frente del Mercadona, donde siempre hay mil cosas, como en botica, lo cual no deja de ser una curiosa incongruencia. Y mientras preguntaba por el precio de la dichosa cama, me fijé en un candado exacto al que me han birlado hace poco y por el que me descontarán doce mil pesetas (estuve dudando si escribir o no la cifra, aún no me lo puedo creer). El ferretero me lo puso en las manos y constaté textura, marca, peso y diseño. Era exacto, idéntico al robado. Idéntico en todo, menos en un detalle: este costaba cinco mil pesetas.

23 DE MARZO

Al final sucedió lo que yo tanto temía. Hoy por la mañana me tocó turno en General Mola después de casi un mes y llegué al trote porque anoche caí como un tronco en la cama, después de unos whiskys con Capote en el Metro y los otros dos que me soplé sin asco alguno al llegar a casita, porque me provocaba beber algo antes de ponerme a escribir una carta sin preocuparme por la hora, esas modestas farras que a veces me atrevo a concederme. Y, por supuesto, al día siguiente hay que pagar tanto desenfreno. Llegué al salón, saqué los candados pensando de inmediato en el que me descontarán (doce mil pesetas del ala, se dice pronto y solo cuesta cinco mil, coño, es un abuso) y con un pequeño dolor de cabeza —primera parte de la expiación que me corresponde con justicia— encendí máquinas, apronté ceniceros y abrí mi cubículo claustrofóbico envuelto ya en el rumor cibernético de las tragaperras y los *pinballs*. Como sé que ayer ya pasó por aquí Manolo, el ángel justiciero, saqué mi librito —*La opinión ajena*, cortesía y recomendación del profesor— y me acomodé con tranquilidad a leer porque a primeras horas de la mañana el Recreativo no suele estar concurrido, apenas esporádicos clientes que parecen tentar a la suerte con algunas monedas inofensivas.

Y en eso estaba cuando vi la silueta de la mujer brumosa en la puerta del salón, arrastrando el carrito para hacer la compra que llevaba como a un niño sumiso, sus piernas varicosas que a duras penas parecen sostenerla, la expresión desolada de quien ha pasado toda su vida recibiendo órdenes vejatorias y reproches. Se ha acercado a mí con el rostro hundido por la vergüenza y ha sacado de su monedero un arrugado billete de mil. De inmediato me han venido a la cabeza los ojos desesperados y tristes de Belén Afonso, de su hija entregándome un papelito con manos suplicantes, no te cuesta nada y me haces un inmenso favor, créeme, e instintivamente he buscado el papel con sus señas en el cajón donde guardo la libreta de mis arqueos, todavía sin saber muy bien qué hacer, entregándole despacio las monedas a esta mujer de quien ya me había olvidado, puesto que desde aquella vez que vino Belén Afonso no le he vuelto a ver, probablemente porque esa visita sorpresiva (me imagino que Belén Afonso ya lo intuía, acaso se decidió a seguirla el otro día, resuelta a confirmar las sospechas que le han anegado la rutina como una marea traicionera), ese asalto a las mañanas ignoradas de esta mujer, había logrado amedrentarla. O simplemente no la he visto porque no he estado por aquí hace tiempo.

El caso es que se ha dirigido a la *minifruit* con un aire de rutina forzosa, como el trabajador que va a marcar la tarjeta que deja constancia de su celo y puntualidad laboral. Y empezaron a caer las monedas una tras otra, entre los timbrazos y pitidos como de cómic que emite la tragaperras, mientras yo no sabía si coger el teléfono o seguir con *La opinión ajena*, qué hubiera pensado el profesor, me he preguntado, qué hubiera hecho en un caso así: al final he decidido no llamar a Belén Afonso si su madre se va después de pulverizar las mil pelas, como a veces ocurre con algunos jugadores que chasquean la lengua decepcionados, le dan un chirlo más bien simbólico a la máquina y se van con su periódico enrollado bajo el brazo o con su bolsa de compras, se alejan sin animosidad ni encono y otro día vuelven y piden suelto y juegan. En cambio otros blasfeman bajito, miran con asombro a un hipotético espectador de su juego, como si necesitaran un testigo de tanta mala suerte, o se vuelven a mí, «eh, esta máquina está trucada», dicen fingiendo escándalo, aprietan los dientes o los puños, pero ellos saben que es solo una comedia necesaria para darle un sentido a esas horas inútiles y costosas, perdidas de antemano, porque si de pronto estalla el repiqueteo crematístico de las monedas que caen por fin en la bandeja, vuelven a pincharlas de inmediato en otra máquina. Pero esta mujer de edad brumosa no reclama, no se indigna ni blasfema entre dientes, apenas se queda confundida y lueñe frente a la máquina, atrapada en una perplejidad sin excesos de la que parece emerger de pronto, y entonces vuelve con celeridad a mi cubículo y pide cambio para seguir jugando. No sé, no puedo llevar la cuenta de mis ludópatas, ni saber a ciencia cierta cuáles son sus manías y hábitos porque apenas hay rasgos que los individualicen: además yo soy correturnos, a veces voy aquí y otras allá, los compañeros ni siquiera me invitaron a la cena de Navidad —luego me enteré por Ruiman de que hubo una cena navideña, se quedó más confundido que yo—, como si ellos mismos entendieran que yo soy apenas una pieza de repuesto en esta maquinaria infame, cómo voy a saber a qué categoría de jugadora pertenece esta mujer.

En eso estaba pensando cuando la mujer de edad brumosa regresó a mi cubículo con un billete de dos mil pesetas.

«¿Mil o dos mil?», le pregunté cruzando los dedos para que me dijera como otras veces que no, solo mil, escandalizada de mi propuesta. Pero esta vez ha dicho «todo, todo», tan bajito que he tenido que preguntarle otra vez y ella me ha mirado como si la estuviera culpando y ha vuelto a decir «todo, todo». Y nada, caballero nomás, he marcado el número que tenía en el papelito.

24 DE MARZO

Hoy a media tarde, cuando salí del recreativo de la rambla Pulido, decidí acercarme donde el profesor, a quien hace tiempo no veo, y tengo un poco de remordimientos. Además quería sondear qué opina él sobre el asunto de la mujer y su hija —confirmado, la guapita de cara es su hija—, más que nada porque en estos asuntos de conciencia me parece que siempre se esconde una veta provechosa, al menos intelectualmente, como si fueran la escenificación a escala de esos grandes problemas éticos que algún día deberemos enfrentar. Aunque al final resulta ser al revés y los grandes problemas éticos son apenas recreaciones a magnitudes escalares hipertróficas, hipótesis gaseosas pero bien articuladas de las pequeñas menudencias cotidianas donde realmente se da la sustancia de nuestros problemas, como es el caso. Porque más real de lo que me ocurrió ayer, imposible. Lo agradable del asunto es que el profesor no me salió por donde yo más temía, por la defensa cerril de la moral y el deber ser como imperativo categórico y todas esas macanas.

Me recibió bien afeitado, y dándome unas palmaditas afectuosas me hizo pasar. «Me ha llegado una botellita de orujo de mi pueblo», dijo con su voz más grata mientras trabuscaba en el armario, de donde sacó un paquete de cartón ya abierto, uno de esos paquetes bien prensados como los que se enviaban de provincia a provincia en la España de hace treinta o cuarenta años, llenos de chorizo y tortillas pringosas. De allí, ha sacado el profesor su botella de orujo, poniéndola frente a la ventana para que la luz me ofreciera sus destellos de joya. Luego hemos bebido un par de chupitos y yo le conté sin muchos preámbulos lo que pasó ayer, mientras él asentía en silencio, moviendo la cabeza como para hacer constar que me escuchaba con atención, que atendía mi relato de lo que ocurrió en el recreativo, cuando llegó Belén Afonso, como una tromba, directamente a donde se encontraba su madre, ensimismada en dejar caer moneda tras moneda en la boca insaciable de aquella maquinita. «Hola, ¿Belén Afonso?», pregunté yo cuando estaba a punto de dejar aliviado el teléfono que había dado largos timbrazos sin que nadie contestara. Al fin respondió una voz femenina y agitada, como si hubiera subido corriendo por unas escaleras. «Sí. Soy yo». Luego de unos jadeos ha agregado: «Disculpe la demora. Estaba en la ducha. ¿Quién es?». Me quedé un momento sin saber cómo presentarme y al final empecé a decir «mire, llamo del recreativo...» y ella no me dejó terminar: «Mi madre, ¿verdad? Voy para allá, gracias». Y colgó. No ha tardado ni diez minutos en llegar al salón, en entrar como una tromba, ya digo, con los cabellos como tentáculos dorados sobre la camiseta un poco húmeda, y su madre apenas ha reparado en ella hasta que ha sentido la mano sobre su mano, y entonces se ha vuelto despacio a mirarla, como si no lo pudiera creer o no reconociera a su propia hija, antes de encogerse de súbito, como si sufriera un cólico intempestivo, y se ha cubierto el rostro con ambas manos, castigada por la humillación y la vergüenza terrible que la ha obligado a acuclillarse junto a la *minifruit*. Y Belén Afonso también se ha acuclillado para abrazar a la mujer, joder, y yo viéndolo todo, sin saber qué hacer allí y cruzando los dedos para que no llegara Manolo o algún cliente, porque aún era temprano, sin saber si pedirles que se fueran a llorar a la calle, por favor, o dejarlas en esa redoma tibia de intimidad familiar que habían establecido allí, en aquel rincón abierto sin pudor para manifestar su desilusión, so riesgo de que aparezca Manolo, se entere de qué va la vaina y me eche de la chamba por haberla confundido con una ONG. Con toda razón además. No sé qué se dirían, porque estaban en la esquina del salón y el ruido de las máquinas siempre es enervante y ensordecedor, de manera que solo veía que Belén Afonso secaba sus lágrimas y las de la mujer brumosa y se levantaba, ayudando a su madre a izarse con dificultad: estuvieron allí, en aquel rincón, el tiempo de un abrazo intenso, inacabable, dos o tres minutos que me parecieron veinte, y sin embargo ha sido desolador ver el espectáculo de estas dos mujeres que se abrazan como si no tuvieran a nadie más en el mundo: dónde está el padre de Belén Afonso, o su hermano, tal vez no existen o no se interesan, en cualquier caso ellas están solas, vinculadas por este asunto penoso, que el profesor ha escuchado en silencio para al final darme una palmadita en la rodilla, me la había jugado, claro, pero que lo pensara bien, ¿qué más podía haber hecho? No sé, no sé qué más podría haber hecho. Lo bueno del día ha sido la noticia que me ha dado el profesor: vuelve a tener alumnos.

28 DE MARZO

Sé que no se puede extrañar así lo que no nos es propio, que en el mismo origen de esa añoranza ya hay algo irremediable y espantoso, y que además nos negamos a advertirlo, con ese empeño acomodaticio que usamos a veces para mirar la realidad, como esos enamorados recalcitrantes y neuróticos, inasequibles al desaliento pese al rechazo sistemático de que son objeto, y que creen ver señas de que son correspondidos en detalles ímprobos que solo ellos advierten. Pero es difícil percatarse de ello a tiempo, o de hacerle caso a esa alarma que salta dentro de nosotros, en el remoto rincón racional que aún funciona sin ser devastado por el sentimiento o la pasión que nos ofusca. Y he estado todo el día repitiéndome con paciencia, mientras fregaba los suelos del salón, sé que no se puede extrañar así lo que no nos es propio, mientras hacía el arqueo de caja o venía caminando por la rambla y el puente Galcerán, sé que no se puede extrañar así lo que no nos es propio, mientras preparaba los espaguetis que apenas he probado y fumaba luego, apoyado en el balcón.

30 DE MARZO

No pude más y se lo largué a Manolo. Le dije que había visto el candado a cinco mil pesetas, fíjese usted, don Manolo, qué suerte, debe estar de rebaja. El tipo pestañeó confundido unos segundos, y luego lanzando un resoplido de buey que hizo ondular su Cristo de Dalí —que pende del cuello peludo y se observa nítidamente gracias al detalle de la camisa abierta hasta casi el ombligo— tronó que qué sabría yo de candados, coño, que seguramente me habrían mostrado un candado de mierda, coño y pretendía pasarle a la empresa gato por liebre, no te jode, seguro era un candado que se partía de un rebencazo, hay que ver lo que hacen algunos para pasarse de listos. Y terminó concediéndome la gracia de no echarme a patadas del trabajo, suerte que tenía yo de que él venía de buen humor, coño, así que mejor me iba al tajo calladito, vaya, vaya, vaya, me espantó con una mano, como a una mosca. Lástima, no me dio tiempo a ofrecerle probar la resistencia del candado en su cabezota de semoviente.

2 DE ABRIL

Estaba terminando mi arqueo algo apresurado porque no me cuadraban las cuentas, cuando he escuchado un dedo picoteando en el cristal de la cabina, «ya voy», contesté sin mirar porque seguramente era la pesada de Carmen, que le toca turno y siempre quiere empezar cuanto antes y quien, desde que trabajo aquí, apenas si me ha dirigido la palabra, condenándome a un ostracismo inexplicable y al parecer sin vuelta de hoja. Me mira con una expresión como de cólico nefrítico y apenas levanta una ceja para saludar. Ya me dijo Ruiman que es así con todo el mundo. Y nuevamente escuché el dedo, toc toc. Entonces levanté la vista un poco fastidiado. No era Carmen, sino una chica sonriente, de nariz flaca y cabellos rubios que me miraba un poco alerta, como temiendo que no la reconociera. Era Belén Afonso. Le he hecho un gesto con la mano y ella ha asentido entendiendo, sí, claro, esperaba. Terminé mi arqueo, cerré con llave la cabina y me acerqué a Belén Afonso que esperaba en la puerta, mirando a la calle. Ha vuelto su rostro bien recortado hacia mí, muy sonriente, y la he encontrado distinta, probablemente porque no tenía los ojos enrojecidos con que se marchó la otra vez sin decirme nada. «Hola. Venía para darte las gracias por lo que hiciste la otra vez», me dijo. Me sentí violento, porque en su voz había una gratitud que no correspondía a la situación, como la que se reserva a quien se lanza a las aguas turbulentas de un río para rescatar a alguien. Y mi mérito es haber actuado de chivato. Después se ha quedado un momento callada, mordiéndose un labio y mirando hacia la calle, como si estuviera decidiendo qué más decir, seguro había preparado algunas palabritas corteses y ha comprendido que no le son útiles. Pero empezó a decir «yo...» justo cuando ha llegado la del cólico nefrítico preguntando —sin saludar, *of course*— si el arqueo estaba hecho, interrumpiendo casi con placer, y yo me he visto obligado a contestarle cuatro cosas y Belén Afonso ha levantado una mano, bueno, se tenía que ir, gracias nuevamente, antes de que yo pudiera decirle que también me iba, que qué tal si tomábamos un cortado o una cerveza, y me he vuelto a la cojuda de Carmen para entregarle de mala gana la llave de la cabina. Luego he visto que Belén Afonso cruzaba la calle mirando bien a uno y otro lado, como nos enseñan a hacer de pequeños.

5 DE ABRIL

Ayer en la noche regresaba a casa maldiciendo porque tuve que quedarme inusualmente tarde en el salón y al llegar a mi edificio he tenido que subir a tientas el último tramo porque está quemado el foco de mi planta, cosa que me ha estimulado a redoblar las blasfemias, mientras iba adentrándome torpemente en una negrura de mina abandonada. Luego he estado a punto de morirme de un ataque cardiaco al comprobar que un bulto se movía a pocos metros de mis piernas. Tras el chasqueo de un encendedor han aparecido unos ojos y luego unos cabellos, el bosquejo de unas facciones doradas por la luz, las facciones conocidas de Elena que me esperaba sentadita junto a mi puerta. «Hola, soy yo», ha dicho con una voz minúscula que quería ser jovial. Era la una de la mañana y por un momento, aterrado, pensé si estaba soñando. «¿Qué haces aquí a esta hora?». «Te estaba esperando», ha dicho ella por toda explicación, sacudiéndose los pantalones. «Pasa, pasa».

Una vez sentados frente a frente, con cigarrillos y un par de chupitos de whisky, Elena se ha decidido por fin a contarme. Lo hizo de un tirón, un poco confusamente, a veces alcanzada por el nerviosismo o al borde de las lágrimas y otras con una voz donde chisporroteaban todavía unas brasas de odio o asco. Enzo se niega a abandonar la casa de Elena. Bueno, de la madre de Elena. Se citaron allí mismo, hablaron, discutieron, alzaron las voces entregados a esos mutuos reproches que terminan por dinamitar la línea de flotación de una pareja, se dijeron barbaridades —Elena pasaba rápidamente por allí, abusando del estilo indirecto, pero este pechito es más listo que una loba para sacar conclusiones— y el asunto finalmente se saldó con la negativa uruguaya de abandonar la casa hasta que consiga un lugar donde mudarse. El argumento principal: Enzo se enteró de mi visita a la calle San Agustín y se puso furioso por los devaneos de Elena conmigo. Se siente pues con todo el derecho a usufructuar la vivienda hasta que consiga algo mejor. ¿Que cómo se enteró? La fiel Iballa fue presurosa a darle un reporte, al parecer algo distorsionado —menos mal que era la amiga— y trufado de veneno, Elena *dixit*. Esta, a su vez, corrió a reprocharle la insidia a su (ex) amiga, quien sacó uñas, reprochó conducta francamente puteril con ese (es decir, yo) aprovechado que se decía amigo del pobre Enzo. Segunda bronca del día para Elena y el resultado es este: Elena y el oso o perro de peluche en mi casa a la una y media de la mañana, con la madre en la Península y sin tener dónde quedarse. Al llegar a este punto del relato, interrumpido apenas por unas cuantas preguntas mías, me he percatado de que la mochila de Elena es más grande que de costumbre. Nada, le he preparado la cama que providencialmente había comprado para Arturo y que pusimos en el salón con un juego de sábanas de estreno. Ella parecía más tranquila porque se durmió ipso facto. Y hasta roncó. Pero yo me he quedado dando vueltas en mi camucha toda la noche.

6 DE ABRIL

Cómo se nota la presencia de una mujer en casa, aunque sea temporal, aunque sea tangencial y desafecta a nuestra intimidad, como es el caso de Elena. Hoy, al abrir la puerta, me ha recibido una vaharada tibia de guiso y he recordado con regocijo que la flaca cocina estupendamente. Al menos se está ganando el techo, pensé un poco mezquinamente mientras me sentaba frente a un plato de ravioles. Deliciosos, humeantes, frescos ravioles.

7 DE ABRIL

Está bien, debo admitir que me agrada la presencia de Elena en casa. Su presencia, no la presencia genérica de una mujer como escribí ayer falsamente en este cuaderno. Aunque ella no quiere molestar y pasa como de puntillas cuando me ve leyendo, o se va a la universidad y pregunta si quiero que me traiga algo, su presencia ha trocado mis hábitos solitarios por otros hábitos más bien solidarios, con todo lo que ello conlleva, que es, para decirlo rápidamente, como un desbarajuste de mi rutina precisa. Mis espacios han sido ganados, es decir, ahora son compartidos, y aunque sé que es temporal, no deja de inquietarme, aunque por el momento resulte agradable y hasta divertido. Ya, claro, lo verdaderamente divertido va a ser hablar con Enzo, porque eso fijo tiene que llegar: primero porque no es justo lo que está ocurriendo con Elena y segundo porque yo estoy involucrado hasta las orejas gracias a la tendenciosa Iballa. Y no solo por eso, claro, no quiero hacerme el inocente. Todavía no hemos podido hablar a fondo del asunto, pero ambos sabemos que Enzo tendrá que irse de su casa y ella volverá allí, o qué sé yo. Espero poder hablar con ella mañana mismo. Hoy he llegado tarde del trabajo y ya estaba durmiendo. He entrado despacito, temeroso de hacer ruido y despertarla, porque Elena duerme en el salón. Pero no ha sido necesario tanto cuidado, porque duerme como una bendita. Me quedé mirándola un rato, vagamente conmovido por su sueño sin sobresaltos, intentando imaginar qué es lo que piensa ella de todo esto. Después me he acercado al balcón a fumar un rato, incapaz de concentrarme en nada, mirando las copas de los árboles mecidas apenas por la brisa nocturna. Pero mañana sin falta debemos hablar.

8 DE ABRIL

Al salir del salón decidí darme una vuelta por el Metro, diciéndome que hace tiempo que no sé nada de Capote y de su novela. Pero apenas me había sentado junto a él, que bebía un *gin tonic*, y he comprendido mi error, pues el asunto de Elena me mantuvo ajeno a la charla, incapaz de integrarme en mis propias frases que oía lejanas y sin vigor. Capote pareció darse cuenta, porque en un momento dado se ha vuelto hacia mí con suspicacia. «Te veo distraído», dijo con tono de reproche y yo estuve en un tris de comentarle lo de Elena, a ver qué opinaba él de todo esto. Felizmente me limité a explicarle que no era nada, unas cuentas que no me cuadraban al salir del recreativo, pero nada más. Felizmente, digo, porque casi con alarma me he dado cuenta de que él estaba hablando del Premio Canarias, al principio con una especie de lejanía o indiferencia, pero poco a poco sus frases han empezado a planear cada vez más estrechamente en torno suyo, y al final han terminado por posarse mansamente en él, en lo mucho que significaría ese premio para su trayectoria. Yo no he querido decirle nada, porque me parece que aún es pronto y no conviene ilusionarse así. Total, que cuando llegué a casa la otra ya estaba roncando.

IO DE ABRIL

Con qué facilidad nos convertimos en intrusos de nuestras relaciones, con qué facilidad podemos ser expulsados de ese frágil ecosistema que es el amor: de pronto nos convertimos en unos extraños para el otro y para nosotros mismos. Sin darnos cuenta, además. Ayer fuimos a caminar un rato a Las Teresitas, aprovechando que yo tenía la tarde libre y que la madre de Elena le ha enviado un dinero providencial, que por lo pronto ha significado que ella diga: «Vamos, te invito a almorzar por ahí». Cuando llegamos apenas había escasos caminantes, de esos infatigables que van de un extremo a otro, reconcentrados en las excelencias terapéuticas de su paseo. Nosotros, en cambio, nos hemos quitado los zapatos, remangándonos los pantalones para adentrarnos un poco en la orilla, aprovechando que todo el día ha brillado un sol inusual y suficiente para que nos sintamos agradecidos por la tibieza del mar, pero incapaces de disfrutar plenamente de esa sencilla puerilidad que es caminar por la playa. Durante el trayecto en el bus apenas hemos hablado, cada uno sumergido en sus pensamientos, como si necesitáramos llegar a la playa para conversar. Sin embargo, todavía ha pasado un rato sin que nos decidiéramos a decir nada, mientras paseábamos. «No sé cómo pude ser tan tonta», ha murmurado de súbito ella, probablemente culminando una reflexión que ha venido rumiando todo este tiempo. Y ha dado una patada en la arena, un gesto efectista destinado probablemente a convencerse de un enojo que en el fondo parece que no es tanto. Y eso debe dejarla perpleja o incluso asustada, como si estuviera tomándole el pulso a un cadáver: habla de Enzo, de su relación de estos años, con una lejanía que no parece contener un ápice de rencor o nostalgia, apenas algo de incredulidad, como si en realidad se estuviera refiriendo a otras personas. No hay ni sombra de aquella Elena llorosa que me confió su rabia y su desencanto en aquel parquecito cercano al cuartel de Almeida, durante los carnavales. Su madre, enterada ya de todo, le ha dicho que no se preocupe, le ha dado las señas de un abogado amigo y parece que al uruguayo me lo van a desalojar sin remordimiento alguno. Por eso mismo no he creído necesario contarle que Enzo estuvo en la mañana por los recreativos. No me he atrevido a decirle nada porque no hay nada de lo que me haya dicho que agregue o reste —saludablemente, claro está— más argumentos a la decisión que parece haber tomado la flaca de seguir el consejo materno y actuar por la vía expeditiva.

11 DE ABRIL

No le quise decir nada a Elena y no obstante me quedé pensando en la visita de Enzo. El uruguayo pasó el jueves por el salón, con esa inexplicable brújula que tiene para dar conmigo. «¿Podemos hablar?», preguntó algo contrito, sin saludar. Sí, claro, pero que se pasara en una hora, cuando termine mi turno. «Vale, vale, yo me paso». Y se fue. Estaba un poco demacrado, es cierto, y por un momento imaginé que estaría sufriendo lo suyo por todo este asunto penoso que es la ruptura donde ahora se han instalado estos dos. Sin embargo, al cabo de un rato, cuando volvió, mientras pedíamos unas cañas en el bar cercano, bien pronto caí en cuenta de que la cuestión era más prosaica. «Ya sé que la flaca está en tu casa», me dijo sin el menor atisbo de reproche. Bebió un sorbo de su cerveza y se palpó los bolsillos en busca de tabaco. «Ya sé que está en tu casa», volvió a decir encendiendo el cigarrillo y todavía sin mirarme. «Pero no creas que estoy enfadado contigo, loco, o que yo crea que haya algo entre tú y la flaca. Esas son cosas de Iballa, que está loca por mí. Mirá, te voy a hablar claro: en realidad, yo me hice el enfadado porque tenía que cogerme a algo, ¿sabés?, porque la flaca se ha empecinado en acabar con la relación y yo ahora mismo no tengo dónde irme. Ya sé que puede sonar un poco...». Como parecía no encontrar la palabra lo ayudé: «¿Mezquino?». Enzo se quitó parsimoniosamente las gafas y las limpió en la camisa. «Sí, eso es, puede sonar un poco mezquino, pero ponete en mi situación. Yo no quiero terminar con Elena, creo que alguna vez te lo dije. Ella es algo así como una tranquilidad, una rutina que me es necesaria para vivir». Entendí que en Enzo el verbo vivir tiene una connotación exacta y sin florituras. Vivir es vivir y punto. Resumiendo: quiere que entretenga a Elena por una temporada, a ver si se le pasa el enfado y pueden volver a ser la parejita feliz que él cree que han sido. Mientras tanto, él continúa en La Orotava. La verdad, me quedé de una pieza. Por eso mismo no he creído necesario contarle todo esto a Elena. Porque aunque parezca no demostrarlo, me resisto a creer que no siente nada. Dentro de ella debe estar ardiendo una hoguera, no sé si de amor o de rencor: y para qué atizar ese fuego, sea cual fuese su origen.

I 3 DE ABRIL

Bien, creo que Elena ha terminado de instalarse en casa de esa manera provisional que constituye su presencia tibia en el salón, donde ha colocado el oso o perro de peluche, un par de cajas con su ropa (todo lo demás está en La Orotava) y los libros que tenía en el piso de la pérfida Iballa. Según ella, siempre intuyó que la del nombre guanche andaba colada por Enzo, pero nunca quiso darse crédito, como si el solo hecho de sospechar así de una amiga fuera una bajeza a la que no podía entregarse. «Bueno, que le aproveche», ha resoplado torvamente. Hoy, para variar, no se estaba comiendo las uñas, sino limándoselas, como si hubiera decidido por fin rescatarlas de esos mordiscos nerviosos y ultrajantes a los que se ha dedicado desde que la conozco. Desde que la conozco: está claro que no la conozco, que estos pocos días de cordial intimidad (que se sostienen burlando lo extraño de esta situación debido a su carácter provisional) apenas me acercan un poco más a ella, pero no a fondo. Conversamos un rato, las veces que coincidimos, pero ella se va a dormir temprano y yo llego tarde, un poco por el trabajo, pero también, debo admitirlo, porque dentro de mí empieza a crecer lentamente una suerte de desconfianza frente a esta nueva rutina agradable. Y no quiero.

Arturo llega el próximo martes. Y eso significa que esta casa, donde he vivido tanto tiempo solo, de pronto va a parecer un campamento de refugiados. Pero no me importa.

15 DE ABRIL

De Enzo ni señas. Ayer en la tarde acompañé a Elena donde el abogado, que tiene su despacho cerca de la plaza Candelaria, para que le diga cuáles son los pasos a seguir. Luego hemos ido a tomar unos helados y a comprar unas sábanas para Arturo. Mientras consultábamos precios y calidades, me he sorprendido asistiendo con bienestar al abandono doméstico de confiarle a ella la decisión de la compra, cosa que Elena además se ha tomado con verdadero celo casero. Me arrebató de las manos un juego de sábanas que juzgó horrible y prácticamente me relegó a ser observador de sus habilidades de compradora. Me daba un poco de risa oírla discutir con las dependientas impasibles, un poco de risa y también un poco de ternura. Luego ha insistido en comprar ella una cama plegable. «Es lo mínimo que puedo hacer, hombre, no me digas que no. Además, no vas dejar que tu amigo duerma casi en el suelo en una cama como la tuya, ¿verdad?». «¿Y qué tiene de malo mi cama?», le he preguntado haciéndome el ofendido y ella se ha sonrojado un poco: «Nada, pero es muy austera, como de monje», y se ha mordido la lengua, seguramente pensando que ha metido la pata más al fondo todavía. Es cierto, es una cama de monje: después de Carolina, creo que me he acostado tres veces, siempre con chicas distintas, encuentros fugaces y un poco ríspidos que me dejaban una sensación más bien tristona al día siguiente. Y de eso hace ya tiempo.

16 DE ABRIL

Un trabajo mínimo, de escasa retribución, condenado a la eventualidad. Un trabajo exento de horizontes y relegado a la modestia de sus resultados efímeros. Y sin embargo a veces resulta suficiente para que a uno le devuelvan la confianza en sí mismo, para ahuyentar el desánimo, los fantasmas torvos del fracaso, para sortear la precariedad. El prestigio primordial de sabernos útiles. Así lo he visto al profesor: afeitado, erguido como un tronco, con un aspecto lozano y casi, casi juvenil. Y todo porque han vuelto al aprisco algunos alumnos, han pasado la voz a otros, y ahora lo encuentro en el bar de siempre, frente a su caña y sus cuadernos, con algún chico de pantalones raperos que sufre y parpadea frente a las fórmulas y los problemas que propone el profesor con su voz didáctica y pedregosa. Viéndolo hoy —me ha hecho un guiño de complicidad, ha sacado pecho y ha seguido con lo suyo mientras yo me instalaba en la barra—, he pensado en lo absolutamente frágil que resulta todo aquello que sostiene nuestra existencia: vivimos acomodándonos en la rutina, confortables en nuestra ignorancia de lo que nos deparan las runas del futuro, lo que nos puede ocurrir ahora mismo, en dos minutos. Y si tenemos el infortunio de perder el trabajo, de pronto todo se desploma, se vuelve gris e inestable. De perder el trabajo o nuestros afectos, esos vínculos estrechos que establecemos con algunos, a veces sin darnos cuenta, como me ha ocurrido con este viejo gallego de pelos escasos y blancos, de manos templeques y salpicadas de lunares, que de vez en cuando me hace un guiño de compinche y parece pavonearse de su diligencia con el alumno, de su trabajo, del sentido que ha recobrado su vida de jubilado. Así ocurre con los afectos, he pensado terminando de un sorbo mi cerveza: crecen dentro de nosotros cuando menos nos damos cuenta. Pero ya no pensaba en el profesor.

17 DE ABRIL

Pues sí, parece que la cosa es absolutamente seria. Mientras subía por las escaleras me llegó la voz de Elena, entregada a unos amables y algo desafinados canturreos que de golpe me han hecho trastabillar, porque mi corazón de inmediato recordó a mi vecina acústica, a la que hace tiempo no escucho. Y ese canturreo liviano al que se entregaba la flaca mientras servía la cena me ha colmado tontamente, como si de pronto no necesitara ya a esa voz femenina y vecinal y me he sorprendido por la rotundidad del verbo, porque quiere decir que era, si no exactamente una necesidad, un alivio, una mínima forma de paliar ciertas carencias. Y miraba a Elena mientras me contaba que Enzo no corre más en su vida, que en pocos días estará fuera de la casa, a donde ella volverá. Me lo dijo mientras servía una ensalada de pepinillos que me supo a gloria. Y luego hemos conversado un buen rato, con una intimidad gozosa y limpia como el agua fresca de un pozo. No he podido resistir la tentación de darle un beso en la frente cuando ya estaba arrebujada en su cama. Y ella ha sonreído enredándose entre las sábanas y luego me ha mirado... Bueno, cómo me ha mirado.

18 DE ABRIL

Qué sensación más extraña. Arturo llega en tres días. Hoy, Capote me prestó el auto para ir a buscarlo, porque venía por el Reina Sofía y es un trote ir en bus hasta el sur. «Quédatelo el tiempo que te haga falta. Yo apenas lo uso», me ha dicho dejándome las llaves sobre la barra del Metro. Otro que ha sido alcanzado por la confianza, otro embriagado por la solidez de sus perspectivas, otro cuya frente ha sido besada por los dioses. Estuvo locuaz como nunca, y hasta se ha permitido aceptar con paciencia la interrupción de nuestra charla cuando un borracho solemne y pegajoso se ha acercado a decirle que había leído *El Sumidero* antes de abandonarse en un chisporroteo de adulaciones gaseosas y repetitivas. Parece que Justo Martín ha insistido con el asunto de la novela y que de ello —inexplicablemente para mí— se colige la obtención del Premio Canarias, vaya uno a saber a través de qué mecanismos político-culturales. Me he sentido un poco traidor por no haber escuchado con toda atención las especulaciones de Capote, su empecinada manera de hacer resbalar cualquier hilo de la charla hacia la publicación de la novela y la obtención del premio. Yo estaba pensando en Arturo, ganado intermitentemente por la expectativa de verlo y darle un abrazo y la curiosidad no exenta de temor de encontrarlo tan cambiado como me anuncian sus cartas. Hasta Elena se ha dado cuenta, mientras jugábamos a los naipes —me estuvo esperando despierta y yo no llegué demasiado tarde— y ha especulado sobre Arturo. Sin remordimiento alguno, casi echándose a reír, ha desbaratado uno a uno mis temores. Para ella simplemente se trata de una excesiva aprehensión por mi parte: nada, fabulaciones mías, un mínimo reducto de cobardía (sic) donde se empoza un sentimiento de culpa («él te ha escrito primero, ¿no? Pues ya está») por haber descuidado tanto tiempo mi amistad con él. Y eso hace que vea fantasmas donde no los hay. Luego hizo trampas con las cartas, la descubrí y corté con la partida, me hice acreedor a un almohadazo y luego a un beso de disculpa y buenas noches que me ha dejado un revoloteo de pájaros en el estómago. Luego se ha apoyado en la puerta de mi habitación como si estuviera dudando entre decirme algo o callárselo y yo he sentido un vuelco en el corazón. «¿Qué pasa?», le he preguntado y ella ha dicho, después de pensárselo un momentito: «Idiota», y ha sonreído. Pasado mañana vendrá Arturo, me he dicho despacito mientras me arrebujaba entre las sábanas. Y luego he pensado en el profesor y en Capote, en sus renovadas ganas de vivir, en sus horizontes cercanos y despejados. Así me siento yo también estos días.

20 DE ABRIL

Ya, vale. Vale. Calma, corazón. Tenía que pasar. Ahora me es difícil escribir esto. La mano me tiembla estúpidamente. Apenas se lo he podido contar al profesor. Porque sí, porque necesitaba a un amigo para liberar estas tenazas que oprimen mi pecho y Capote no estaba en casa ni tampoco en el Metro ni en ninguno de los bares que suele frecuentar y por donde he transitado insomne antes de dirigirme a la pensión del profesor, sin importarme mucho la hora. Y necesitaba hacerlo porque todo ha sido tan repentino (¿ha sido tan repentino?) que no tengo la cabeza como para aclarar mis ideas, mis tontas, pueriles ideas sobre el amor. Sobre el futuro. Sobre este lento despertar que corre ciego por el circuito de mis venas, como la primavera recorre la arboleda apagada del invierno. Después de contarle a borbotones todo lo ocurrido ayer, el profesor se ha echado a reír con una alegría pura y enorme, me ha pasado una mano por el cuello, su mano callosa y áspera, paternal y tibia, su mano de camarada viejo y sabio y me ha dicho: «Amigo mío, disfrute de lo que la vida le ofrece y deje de darle vueltas a todo». Y eso es exactamente lo que estoy intentando hacer mientras la otra duerme ajena a mi luz de flexo, al ovillo de luz que alumbra el camino que va de mi mano que escribe a su rostro tibio, a su hombro suave donde he descubierto la dicha de una peca. Una hermosa peca. Todo ha sido tan repentino. El agua inédita que descubre el sediento. Qué tontería más grande. Y además, Arturo viene mañana. Mañana: qué sabor dulce tiene esta palabra.

2 DE MAYO

Vaya, vaya, me dije hace un momentito, cuando abrí la maleta para sacar la mariconera de los papeles, aquí estaba el cuadernito, entre mi pasaporte y otros documentos que metí atolondradamente hace unos días, ¿el martes?, ¿el miércoles?, cuando me asaltó intempestiva la convicción de que ya estaba bien, de que debía marcharme de allí cuanto antes. Vaya, vaya, y lo cogí con dos dedos, como a un insecto extraño, la felicidad de cualquier entomólogo. Lo he mirado largo rato, como si estudiara sus muchas posibilidades. Si lo quemo —me dije— seguro saltan súbitas alarmas contra incendios y me veo explicando a la Guardia Civil que no soy un pirómano, o que en todo caso solo lo soy de puertas adentro, en la intimidad de mis reflexiones. Y eso no se lo tragan ni los cocodrilos. Si lo tiro a la papelera, no sé, puede caer en manos extrañas y ese nunca fue su destino. De manera que aquí estoy, frente a una cervecita Dorada, un paquete de cigarrillos y una espera tediosa, recomponiendo todo nuevamente. Recordar es volver a mentir, no sé dónde lo leí.

En fin. No creo que se trate de una huida. Uno huye cuando siente que le amenazan el futuro, por inmediato que este sea. Por precario que sea. El futuro es esa pompa frágil que soplamos con fervor desde el presente. En cambio no se huye, no se puede huir de lo que se recuerda. Y estas páginas siempre han sido el inventario de mis recuerdos. Vaya, recién ahora le encuentro una definición exacta a este cuadernito de los cojones: inventario de recuerdos. Bueno pues, cuadernito de los recuerdos, inventario de los cojones. Qué más da.

Ahora, mientras observo el lento declive del día en esta tierra de nadie que es el aeropuerto, rodeado de gente que va y viene, acompañado por una cerveza que bebo sin muchas ganas, apenas si tengo deseos de volver a leer estas páginas, en tanto espero la salida de mi vuelo, una vez más retrasado. La verdad, me da una pereza tremenda. O quizá a la frase le sobre una coma y deba decir: la verdad me da una pereza tremenda. En todo caso aquí está el nombre de Capote, izado como la bandera rabiosamente verde de la esperanza: lo dejé con su legítima ilusión de obtener el Premio Canarias, de publicar su novela y, sin mi despedida, tendré que llamarlo. Aquí está el nombre de Carolina, escrito como la declaración de amor en un olmo de la infancia: la dejé diciéndome adiós, adiós, adiós, con una mano de novicia y sin mi despedida. ¿Tendré que llamarla? Y el de Enzo: lo dejé a punto de ser desalojado, turbio y con ganas de vivir para el jazz, por el jazz y en la casa de la flaca. Que se joda. Qué lejano y ajeno que queda. Aquí está también el del profesor, que se entristeció sinceramente cuando le dije que me marchaba de la isla. «¿Definitivamente?», inquirió. «No lo sé, no creo, profesor», le mentí porque su tristeza era más bien sincera. Como su abrazo de viejo taciturno, bondadoso y fraterno al murmurar en mi oído «cuídese mucho, amigo» y yo le dije lo mismo, con un hilo de voz, «cuídese profesor, ya nos escribiremos». También está el nombre de Elena. Y el de Arturo.

No sé si sirva de algo escribir aquí todo esto, no sé si alguna vez sirvió que me mintiera con tanta diligencia sobre las intenciones de este cuaderno de bitácora más que diario, que me dijera que lo hacía para orientarme con tiento en la oscuridad de estos años extraños que he vivido aquí. Estos años fuera de mi Lima que de tan lejana ya ni siquiera me es natal. Yo me llevo mis recuerdos y si uno tiene un mínimo de dignidad, con ellos no se trafica: para bien o para mal, están todos allí. Aquí, en estas páginas. Solo faltan algunos detalles que no pude escribir a tiempo y que ahora registro ganado por una necesidad de orden y liquidación, una pulcritud de notario prolijo y objetivo: el llanto de Elena, azuzado por la confusión o el arrepentimiento, daba aflicción verla, la verdad. La mirada incómoda de Arturo esa misma noche. Qué cambiado lo encontré. Quiero decir, desde que lo recogí aquí mismo, en este aeropuerto. Qué endurecido al querer explicarme, enfangándolo todo, que no era para tanto, carajo, cuando Elena se fue llorosa, confundida, después de haber buscado a tropezones una aclaración inútil porque qué demonios me podía explicar. Sus lágrimas, después de todo, fueron un homenaje, un halago a ese último asalto al cielo que duró tan poquito antes de convertirse en infierno. Solo cogió algunas cosas y se fue. Es extraño escribir Elena se fue, mientras escucho la dicción enlatada y sin acento ubicable que registra los vuelos que llegan y que se van, el murmullo sin curso de las mil voces que flotan en diversas lenguas cerca de mi cervecita postrera en la isla.

Y tengo que volver a Arturo. Ese desconocido que se encogió de hombros después de fumar largo rato sin decirme nada una vez que Elena se hubo marchado y que cogió su morral de corte bélico y se fue de mi casa a los cuatro días de llegar, que me había abrazado rudamente cuando lo fui a recoger al aeropuerto —este mismo aeropuerto por donde ahora yo me voy— que se atrincheró en amables y frívolas evasivas cuando quise reencontrar nuestras viejas charlas, que paseó conmigo por la ciudad pequeña y luminosa de esos cuatro días en que me creí feliz nuevamente, ese es Arturo. Bien: ¿y qué le puedo reprochar a él, que le puedo reprochar a ella? Quizá que todo haya resultado tan cursi, tan brutalmente sórdido como fue. No tengo ganas ni de ponerlo aquí. Para qué. Solo puedo decir que supe que tenía corazón —físicamente, se entiende— cuando lo sentí desfallecer esa noche inusual en que llegué temprano con una botella de cava para festejar la amistad y el amor, por una extraña conjunción astral al mismo tiempo. Y allí estaban ellos dos. Sórdido, barato y común.

Y ahí está anunciado mi vuelo, por fin. Después de haber parpadeado en el tablero electrónico de los vuelos la lucecita de *delayed* durante tanto tiempo, allí está mi vuelo, ahora sí. ¿Extrañaré Tenerife? Supongo que sí.

XII Premio de Novela Corta
Julio Ramón Ribeyro 2009

El 10 de febrero de 2009, en Lima, el jurado, presidido por Luis Jaime Cisneros e integrado por Abelardo Oquendo, Alonso Cueto, Mirko Lauer y Marcel Velázquez, otorgó el XII Premio de Novela Corta Julio Ramón Ribeyro a la obra *La paz de los vencidos*, de Jorge Eduardo Benavides.

Este libro se terminó de imprimir
en los talleres gráficos de Metrocolor S. A.
Av. Los Gorriones 350, Lima 9 - Perú
en junio de 2009.